Thomas Lang

Unter Paaren

Thomas Lang

Unter Paaren

Roman

C.H.Beck

Gesetzt aus der Palatino im Verlag C.H.Beck
Druck und Bindung: Kösel, Krugzell
Gedruckt auf säurefreiem, alterungsbeständigem Papier
(hergestellt aus chlorfrei gebleichtem Zellstoff)
ISBN 978 3 406 55610 4

www.beck.de

Alles muss raus!

I

Beim Balzen beugt sich das Männchen nach vorn, streckt den Hals aus, lässt die Flügel hängen und fächert seine Schwanzfedern ... Danach jagt es das Weibchen von einem Ast zum anderen.

Freitag, 25. Mai, 15.30 Uhr.

Ein warmer Tag. Rafa liegt auf der Terrasse in einem Deckstuhl. Sie hat die Augen geschlossen und ihr Gesicht der Sonne zugewandt. Ihre Hände ruhen im Schoß. Auf einem zweiten Deckstuhl neben ihr steht ein halb gegessener LC1-Jogurt, den eine Biene umschwärmt. Sie setzt sich, fliegt wieder ab, landet für einen Moment in Rafas schwarzen, natürlichen, aber nach kleiner Dauerwelle aussehenden Locken. Sie umkreist die leicht gewölbten und schwarz glänzenden runden Gläser der hochgeschobenen Sonnenbrille. Obwohl sie nicht schläft, wie ihre wippenden Füße zeigen, ignoriert Rafa das Tier. Ihre Hände bleiben im Schoß. Die Biene fliegt fort in den Blumengarten unterhalb der Terrasse. Dort schwebt das Summen vieler Bienen über den Beeten. Es ist das einzige Geräusch in der windstillen Luft. Der Garten endet an einem Teich. Auf der dahinter liegenden Weide leuchtet das Gras. Ein weißer Bänderzaun unterteilt sie in eine Reihe von Koppeln. In der Senke, entlang der Straße, von der ein Abzweig in weitem Bogen zum Haus führt, stehen Reste eines alten Zauns. Der gegenüberliegende Hügel ist waldig. Winzig klein kreist dort ein Bussardpaar.

Das Geräusch eines Wagens schneidet einen Keil in die

Stille. Rafa richtet sich auf. Ihr Blick sucht das Tal ab. Sie hat dunkle, große Augen, die Augäpfel stehen weit vor und schimmern. Ein Auto ist durch die Bäume nicht zu sehen. Rafa reckt sich, die Hände auf die Lehnen gestützt, aus dem Deckstuhl, äugt, lässt sich zurücksinken. Das Motorgeräusch verklingt wieder. Nah bei der Terrasse zetert eine Elster.

Per hüpft auf einem Bein aus der Terrassentür. Das andere hat er angewinkelt. Einen Finger hinten in dem ausgelatschten, seitlich abgeschürften Mokassin, versucht er die Ferse in den Schuh zu quetschen. Das auf dem Fußrücken mit leichtem Kräuseln eingesetzte Mokassinblatt und die umlaufende sichtbare Naht auf der Brandsohle im Schuhinnern sind zwei eindeutige Merkmale, um die vielen Pseudomokassins von den echten zu unterscheiden. Per trägt das braun-graue Haar millimeterkurz. Im Gesicht und bis zum Haaransatz ist die Haut leicht gerötet. Er ist unrasiert. Leise schleicht er zu Rafa und zieht an einem Schnürband ihrer Spangenballerinas. Sie bemerkt es und schüttelt unwillig seine Hand ab.

«Wie alt bist du eigentlich?», fragt sie, ohne die Augen zu öffnen.

«41. So alt wie du.»

«Ich bin 42.»

Rafa verlagert ihr Gewicht. Ihre Hände liegen nun auf den Armlehnen des Deckstuhls; leise klimpern ihre Nägel auf dem Holz. Für einen Moment schlägt sie die Augen auf und lässt einen kühlen Blick auf Per ruhen, bevor sie die Sonnenbrille auf die Nase setzt und den Kopf in die andere Richtung dreht. Ein Rotschwänzchen schnickert *Tui-tick-tick* dicht an ihnen vorbei. Per hockt neben Rafas Stuhl. Er schiebt seine Hände zwischen die Stofflagen ihrer twinsetähnlichen Bluse, bis er an eine Naht stößt.

Seine Hände fassen Rafas Brüste. Sein Mund nähert sich ihrem Ohr.

«Wir haben noch eine halbe Stunde.»

Er wispert, doch seine Stimme hält nicht durch. Mitten im Satz wird sie kratzig, und er muss sich räuspern.

«Ich könnte Pascal anrufen und sagen, dass was dazwischengekommen ist.»

Während er spricht, wandern seine Hände zu ihren Brustspitzen. Rafa zittert, als er sie berührt. Sie schiebt Pers Hände weg.

«Wegen dir könnten wir überhaupt allein auf der Welt sein.»

Sie dreht sich um. Per zieht sie an sich.

«Oder ich sag ihm, dass er eine Stunde später kommen soll.»

«Per, bitte!» Rafa macht sich los. «Wir haben Pascal seit fünfzehn Jahren nicht gesehen. Und er will schon nächste Woche zurück nach Barcelona.»

«Seit du hier bist, höre ich nur noch ‹Pascal›.»

«Du freust dich doch am meisten auf ihn, du wehrst es nur wieder ab.»

Per hockt auf den Fußspitzen, er tariert wippend sein Gleichgewicht aus.

«Du solltest sehen, wie deine Augen leuchten, Rafa. Genau diesen Blick hattest du auch früher, sobald Pascal bloß in der Nähe war.»

«Quatsch.»

«Du warst in uns beide verknallt. Hast du geglaubt, das merkt man nicht?» Per hebt ein Papierchen vom Boden auf. «Ich war lang davon überzeugt, dass du mit ihm gehen würdest, nicht mit mir.»

«Nur weil ich an Ricos 25. einmal mit ihm geknutscht habe? Oh, Per! – Kommt da ein Auto?»

Rafa hat sich im Deckstuhl aufgesetzt. Mit einem Wink bedeutet sie Per, still zu sein, doch dann ist nichts zu hören.

«Naja.» Per schnippt das eben aufgehobene Papier mit den Fingern weg. «Ich will keinen kalten Kaffee aufwärmen.»

Eine Weile schweigen sie.

«Jedenfalls bin ich gespannt, wen er da mitbringt.»

«Eine Bekannte.» Rafa betont das Wort spitz. «*Dir* gegenüber hat er doch betont, dass es nicht seine Freundin ist. Wahrscheinlich wollte er *dich* nicht eifersüchtig machen.»

Per nestelt an der Cargotasche seiner Hose. Er macht einen Kussmund und verzieht gleichzeitig das Gesicht.

«Pass gut auf mich auf, sonst flieg ich mit Pascal davon.»

Er spreizt die Ellbogen und schlägt damit wie mit Flügeln.

«Hat mein Vögelchen denn schon Federn?»

Er antwortet nicht. Rafa streckt eine Hand aus, lässig, als sollte Per sie küssen.

«Bind mir bitte den Schuh, Per. Du hast ihn auch aufgemacht.»

Rafa steht vor einer blau gestrichenen Wand. Sie schaut sich eine Reproduktion des «Swimmingpools mit rotem Plastikbrett» von David Hockney an. Eine Hand hat sie auf der Lehne des vor der Wand stehenden Eames-Stuhls. In der Glasscheibe vor dem Bild spiegelt sich ein Camcorder. Sie spricht, ohne sich umzudrehen. «Ich habe mich einfach auf einen Freund gefreut, den ich lange nicht gesehen hatte.» Sie dreht sich um. «Stimmt schon, von heute betrachtet sieht das anders aus. Aber da war nichts ‹anderes›. Ich bin keine 20 mehr, ich kenne meine Gefühle. Vielleicht so ein kleines Prickeln. Das war alles.»

Per in demselben Arrangement. Er sitzt. Seine rechter Ellbogen hängt über die Armlehne, die Finger fahren an der Kante der Palisanderschale hin und her. «Klar, ich war neugierig. Hat Pascal sich verändert, wie ist er drauf und so. Wir hatten uns fast zehn Jahre nicht gesehen. Am meisten gespannt war ich darauf, was Pascal zu meinem Haus sagen würde. So ein Besitzerstolz und Zeigenwollen waren da dabei. Ein bisschen nervös war ich auch. Pascal ist ja reich, ich meine: richtig reich. Er würde sicher das Zehn- oder Zwanzigfache für ein Haus ausgeben. Natürlich nur in absoluten Top-Lagen.» — «Das mit den Schnürbändern. Ich war verletzt, weil sie nicht darauf reagiert hat. So haben wir uns ja mal kennen gelernt, weil ich ihre Schuhbänder in der Vorlesung heimlich an die Hörsaalbank gebunden habe. Ich dachte, sie erinnert sich und lacht oder macht eine Bemerkung.»

II

Nichts ist bedeutender in jedem Zustande
als die Dazwischenkunft eines Dritten.

Eine halbe Stunde später läuft Rafa wie ein bummelndes Kind vor dem Haus herum. Die Sonnenbrille hat sie abgesetzt, die Vorderseite des Hauses liegt nachmittags im Schatten. Das Fachwerk ist frisch gestrichen, Fensterrahmen und Haustür dagegen sind verwittert. In den ungleichmäßigen Scheiben des kleinen Flurfensters flimmern groteske Spiegelbilder. Der rechte Teil des Hauses war früher ein Stall; er hat Ziegelwände. Die alten Fensteröffnungen sind teilweise mit leuchtend roten, neuen Steinen aufgemauert. Ein schmales Fensterband durchzieht über Blickhöhe diesen Teil der Fassade. Über der Haustür ein neu angebauter Balkon, dunkles Holz. Er bildet gleichzeitig das Vordach. Die Einfahrt zum Grundstück und den Weg bis zum Haus hat Per mit weißen Kieselsteinen belegen lassen. Im Schatten wirken die Steine matt und graustichig.

Per kommt rückwärts aus dem Haus. Unter dem Balkon dreht er sich um. Er hat ein großes Glasbecken mit Metallkanten in den Händen, dessen unterer Teil von Ablagerungen getrübt ist. Den Kopf hält er schräg, die Oberkante des Glaskastens klemmt unter seinem Wangenknochen. Sie quetscht die Gesichtshaut hoch. Als Rafa ihn sieht, bleibt sie stehen.

«Ist der letzte jetzt auch gestorben?»

«Zorc hat Bettys Tod nicht verkraftet.»

Die Terrariumwand drückt gegen Pers Kehlkopf, er spricht mühevoll, was Rafa ein kleines Lächeln entlockt.

«Du wolltest doch einen neuen Frosch kaufen.»

«Ich glaube nicht, dass eine neue Partnerin ihn getröstet hätte. – Kannst du dich erinnern, dass ich die Rotaugenlaubfrösche schon hatte, als wir uns kennen gelernt haben? Sie waren noch ganz klein.»

«Ich erinnere mich an die ekligen Eidechsen –»

«Du meinst die Dornschwanzagame. Die waren nicht eklig. Eidechsen hatte ich als Junge; es war mein erstes Terrarium. Du hast meine Tiere nie gemocht, auch die Frösche nicht.»

«Wegen denen wolltest du nie wegfahren. Immer musstest du dich um diese Viecher kümmern.»

«Und du hattest sowieso nie Zeit zum Wegfahren, hab

ich Recht?» Per klingt gereizt. Er hat einen Fuß auf einen Stein gestellt und stützt das Terrarium mit dem Oberschenkel.

«Du hast die Frösche nie beachtet.»

«Sie haben ja immer unter irgendwelchen Blättern geschlafen.»

«Tagsüber. Nachts waren sie aktiv. Ich habe ihnen oft mit dem Nachtsichtgerät zugeschaut. Manchmal dachte ich, sie wissen, dass sie beobachtet werden. Sie waren immer so würdevoll; nie sind sie aus der Rolle gefallen.»

«Hast du nicht immer zugesehen, wie sie sich paaren?»

«Einmal konnte ich sie dabei beobachten. Aber selbst da waren sie irgendwie diskret.»

Rafa wendet ihre Aufmerksamkeit wieder der Einfahrt zu. Per nimmt das Terrarium und verschwindet damit zwischen den Sträuchern.

Per: «Anfangs nicht. Pascal verhielt sich diesbezüglich normal; er schien es verwunden zu haben, dass ich ihn damals ausgestochen habe. Auch Rafa war nichts anzumerken.» Er denkt nach. «An dem Nachmittag ist mir ihr Eifer aufgefallen. Sie war ja richtig aufgekratzt, schon bevor Pascal und Inita kamen. Ich habe das gespürt, aber ich habe mir keine Gedanken darüber gemacht. Nicht an jenem Freitag.» — Per grinst. «‹Eine gute Bekannte› … ich konnte mir nicht vorstellen, dass Pascal und Inita nichts miteinander hatten. Ich würde heute noch wetten, dass sie miteinander ins Bett gehen. Es gab auch keine Einwände, als ich sie zusammen im Gästezimmer unterbrachte – außer von Rafa.» — «Ich hab mir Inita dunkler vorgestellt, mehr der südliche Typ, und nicht so scharfzüngig. Pascal steht eigentlich mehr auf zurückhaltende Frauen. Und weniger konservative.»

Rafa sitzt. Sie schaut konzentriert geradeaus, bevor sie antwortet. «Inita hat von vornherein nicht zu uns gepasst. Vielleicht haben wir deshalb so getan, als käme Pascal allein. Ich habe viel darüber nachgedacht, warum er sie mitgebracht hat. Ich glaube, er wollte sich schützen. Vor seinen Gefühlen, meine ich. Unbewusst hat er sicher geahnt, was auf ihn zukam.» — «Absolut nicht! Ich war früher oft abgemeldet, wenn Per und Pascal zusammen waren. Ich rechnete eher damit, dass es wieder so sein könnte. Erst recht, als die beiden gleich mit ihren Autos anfingen.»

Als Per zurückkommt, kreuzt seine rot getigerte Katze die Einfahrt. Sie läuft über den frisch eingesäten Rasen zum Holzschuppen neben dem Haus. Rafa steht bei seinem Mercedes-Roadster und wischt mit einem Tuch eilig ein paar Pfotenspuren von der Motorhaube. Die Katze verschwindet durch eine Bretterlücke im Schuppen.

«Hast du für den Mercedes schon einen Käufer?», ruft Rafa.

«Ich habe noch nicht inseriert.» Per spricht viel leiser als sie. «Wenn ich nächsten oder übernächsten Monat wieder Arbeit habe, kann ich den Wagen halten.»

«Warte nicht zu lange. Nachher musst du ihn unter Wert verkaufen. Oder er geht dir doch noch kaputt.»

«Er geht nicht kaputt.» Per lässt die Münzen in seinen Hosentaschen klimpern. «Wenn du zu mir ziehen würdest, könnten wir 'ne Menge Kosten sparen. Du würdest mit dem Auto von hier zur Arbeit kaum länger brauchen als jetzt mit der Bahn.»

«Ich habe dir von vornherein gesagt, dass ich in Köln bleibe.»

«Denk noch mal drüber nach. Wir hätten hier –»

«– das allgemein übliche Spießertum! – Fang bitte nicht wieder damit an, nicht heute. Es war keine leichte Entscheidung, in dieser Projektphase einen halben Tag zu opfern, den möchte ich mir nicht versauen lassen.»

«Wenigstens dein Zimmer könntest du dir einrichten», beharrt Per. «Du weißt, ich habe es nur unrenoviert gelassen, um dir nicht meine Vorstellungen aufzudrängen. Sag mir, wie du es haben willst, und ich mache es für dich fertig.»

Unter dem Dach beginnen Vögel zu zwitschern. Das Rotschwänzchen ist zu seinem Nest geflogen. Seine Jungen schreien gierig, aber schwach nach Futter.

«Lass es, wie es ist.» Rafa steht mit verschränkten Armen da. Als Per den Kopf hängen lässt, geht sie einen Schritt auf ihn zu. «Ok, ich erklär's dir noch mal: Ich brauch kein eigenes Zimmer hier, Per. Wenn ich dich besuche, möchte ich Zeit mit *dir* verbringen. In *deinen* Räumen. Meine Räume, meine Vorstellungen, das hab ich in meiner Wohnung. Wir waren uns doch immer einig, dass wir uns nicht so voneinander abhängig machen wollen. Hey, ich bin gern bei dir. – Aber ich zieh nicht hierher.»

Sie betont jedes Wort in dem letzten Satz. Per brummt etwas. Das Rotschwänzchen lässt ein lang gezogenes *Huit* hören. Es fliegt vom Nest zum Rand des Kieswegs und pickt zwischen den Steinen. Die Jungvögel schweigen jetzt. Rafa kreist mit den Schultern. Sie schaut auf ihr nacktes Handgelenk.

«Es ist bestimmt schon nach vier. Was ist mit deinem Handy? Hast du es dabei, oder liegt es wieder in irgendeinem Zimmer, wo niemand es hört?»

«Dabei und aufgeladen.» Per zeigt auf seine Hosentasche.

«Ich finde es immer noch problematisch, dass du aufs

Festnetz verzichtet hast. Es gibt zu wenig Antennen in der Gegend.»

«Es gibt genügend.»

Als Per sieht, dass sie ihn nicht anschaut, äfft er Rafa mit ausgestülpten Lippen nach. Er betrachtet den Balkon. Der rechte Tragpfosten ist von Vogelkot verschmutzt. Tief im Wald lässt sich ein Kuckuck hören.

Per: «Streit? Nein, das kann man so nicht sagen. Es war unser Dauerthema. Ich meine: Wir haben zwar nie zusammengewohnt, aber in Köln lebten wir in demselben Haus, ich im ersten Stock, sie im vierten. Da haben wir auch alles voneinander mitbekommen.» — «Ja, es ist schon merkwürdig, plötzlich 50 Kilometer Distanz zwischen sich zu wissen.» — «Ich habe es immer als Angebot betrachtet, nicht als Verpflichtung. Allerdings hatte ich damit gerechnet, dass Rafa es aufgreifen würde. Warum will sie sich bei mir kein eigenes Zimmer einrichten, zumal sie keinen Finger krumm machen müsste? Das versteh ich bis heute nicht.»

III

Was Ihnen gefällt, liefern wir postwendend direkt
ins Haus ... Und was Ihnen nicht gefällt,
nehmen wir problemlos wieder zurück.

Nah an der Straße, die zu Pers Haus führt, liegt ein Fahrrad im Straßengraben. Die Räder sind von einer Lehmkruste überzogen, der schwarze Reifengummi ist kaum noch sichtbar. Der Sattel steht niedrig. Oben im Baum sitzt ein Junge, ungefähr zwölf. Er trägt einen blauen

Trainingsanzug und gelbe, von dunklen Striemen überzogene Gummistiefel. Die schlaksigen Beine baumeln von einem Ast herab. Den linken Arm hat er um den Stamm gelegt. Der rechte liegt am Körper. Die Hand spielt mit dem Reißverschluss der Trainingsjacke. Vorn auf der Jacke sitzen zwei hellblaue, schräg nach oben weisende Streifen. Auch die Hose hat an den Seiten breite hellblaue Streifen. Die Sonne scheint dem Jungen ins Gesicht. Er schaut auf Pers allein stehendes Haus.

Die Nordseite des Hügels ist bewaldet, Birken, Hainbuchen, Eichen und vereinzelte wilde Kirschbäume wachsen hier. Dazwischen Parzellen mit Fichten. Die Birken sind schon grün und hell. Bei den größeren Bäumen ist das Laub noch nicht mehr als ein Schimmer; nackte Äste prägen ihre Gestalt. Zwischen den Bäumen führt die Straße den Hügel hinauf. Kurze Abschnitte verschwinden hinter Büschen und Gestrüpp, ohne dass der Eindruck eines grauen Asphaltbandes zerstört würde. In einer Kehre liegen noch nicht montierte Leitplanken, besetzt mit stumpenkurzen Begrenzungspfählen. An der Abzweigung steht ein Haltestellenhäuschen aus durchsichtigem Wellkunststoff mit grün veralgtem Dach. Von hier führt ein schmaler geteerter Weg direkt auf den Hügel, zu Per.

Der weiße Kiesweg, der von dem Teerweg abzweigt, sticht herausfordernd von dem frischen Grün und welken Laub des Vorjahrs ab. Hinter ein paar Buchenstämmchen schimmert silbern der Mercedes. Auf dem Kies dicht beim Haus laufen die kleinen Gestalten Rafas und Pers. Der Wind trägt Rafas Stimme durchs Tal, wie sie «Miiie-zi, Miiie-zi» ruft. Per springt wiederholt mit gerecktem Arm am Balkon hoch; er hat einen gelben Lappen in der Hand. Auf dem Schuppendach läuft träge eine helle Katze die schwarzgrauen Ziegel entlang und verschwindet hinter dem First. Von links kommt ein schwarzer Geländewagen mit seidenweichem Motorklang den Weg herauf. Der Junge klettert vom Baum herunter.

Das Motorgeräusch nähert sich schnell. Per wendet sich vom Balkon ab, um seinen Wischlappen in den Eimer zu legen; da knirscht schon der Kies in der Einfahrt. Der Wagen rollt aufs Haus zu; es geht leicht bergauf, aber er scheint keine Kraft zu benötigen. Als er hält, stoppt der Motor widerstandslos.

Pascal springt vom Autositz. Er trägt eine lässige schwarze Hose mit geradem, weitem Bein, Tunnelzugbund und Stoppern in der Taille, dazu ein weißes Kurzarm-Hemd. Die nackten Füße stecken in schwarzen Mokassins. In seinem strähnigen blonden Haar sitzt eine Porsche-Design-Sonnenbrille. Pascal ist zierlich. Neben dem massigen Wagen wirkt er wie ein Heranwachsender. Er läuft ums Auto und öffnet Reginita die Beifahrertür. Zwei Schmetterlinge trudeln in den Wagen.

Während Reginita sich losschnallt und aussteigt, tuschelt Per eilig mit Rafa. Die zieht kurz die Brauen zusammen und nickt. Reginita trägt kleine herzförmige Plastikspangen im blonden Haar. Die schwarze Ray Ban setzt sie ab und lässt sie zusammengeklappt in ihrer beigen Bowlingbag verschwinden. Sie hat helle, leuchtende Augen mit einem Stich ins Grüne. Kein Make-up, nur ihre Lippen sind kräftig rot. Sie trägt ein schwarzes Twintop, das über ihre Romy-Schneider-Brust nach unten fällt, und beige Bermudashorts. Wenn Inita, wie jetzt, mit geschlossenen Beinen dasteht, sehen sie aus wie ein Rock. Beine, Hände und Gesicht haben die gleiche frische Farbe. Schwarze Lackslipper, die Profilsohle an Ferse und Zehen hochgezogen. Sie ist knapp einen Kopf größer als Pascal.

Rafa: «Ich war eher positiv überrascht, als Inita aus dem Auto stieg. Sie war blond, kein südlicher Typ, auch wenn ihre Haut nicht ganz hell ist. Das hat mich irgendwie beruhigt.» — «Na, hätte ja auch sein können, dass sie eine Art Flamenco-Tänzerin ist.» — «Wir durften sie nicht ‹Inita› nennen. Vorher hat Per mir schon erzählt, dass sie aus ärmlichen Verhältnissen stammt. Eine typische Aufsteigerin. Mit 26 schon kurz vor der Promotion.» — Rafa legt den Zeigefinger an den Mundwinkel. «Dass sie aus Barcelona kommt ... und jetzt in Köln an der Uni ist. Solche Sachen hat Per mir erzählt.» — «Nein, mehr hat Pascal ihm sicher nicht erzählt. Ach, ja: Per wollte nicht glauben, dass die beiden kein Paar sind. Ich habe es geglaubt. Am Freitag habe ich noch gedacht, dass es das gibt – normale Freundschaft zwischen einem Mann und einer Frau.»

Inita bleibt lächelnd neben dem Geländewagen stehen; sie wartet. Irgendwoher kommt Pers Katze und versteckt sich unter dem Auto.

Rafa und Pascal stürmen aufeinander zu und umarmen sich. Sie drehen sich mehrmals im Kreis, hüpfen von einem Bein aufs andere und lachen. Lange halten sie sich bei den Händen gefasst und strahlen sich an.

«Du bist schon da», sagt Pascal, «das ist schön. Ich dachte, du kämst erst heute Abend.»

«Ich habe mir freigenommen», sagt Rafa weich.

Per schaut zu, wie die beiden sich wispernd in ein Gespräch vertiefen. Er hat sich auf Pascal zu bewegt, jetzt wendet er sich an Inita. Er kratzt sich am Ellbogen. Inita hält mit beiden Händen die Griffe ihrer Handtasche fest. Per begrüßt sie mit Wangenküsschen, dabei legt er seine Hand vollflächig auf ihren Rücken und zieht sie an sich. Inita gibt dem Druck nach. Ihre Körper berühren sich für einen Moment, dann tritt die Spanierin einen halben Schritt zurück.

«Ich danke Ihnen für die Einladung, Peter», sagt Inita. Per verzieht das Gesicht.

«Bitte, Reginita.» Er spricht den Namen mit einem kehligen Ch aus. Es klingt etwas mühevoll. «Sag Per und du zu mir. – *Perro*, wenn du willst.»

Er fletscht grinsend die Zähne und knurrt.

«Oder vielleicht *pera*?», fragt Inita und deutet spöttisch auf seine Brusttasche. Dort ist eine kleine Birne eingestickt.

Pers Augenlider flattern, er schaut weg. Im Rückwärtsgehen stolpert er über die Katze. Sie läuft fauchend davon. Rafa und Pascal haben das mitgekriegt, sie lachen. Per wird rot und schielt verlegen zu Inita, die auch kurz gelacht hat.

«Jetzt lass mich mal», sagt er und drängt sich zwischen Pascal und Rafa, die ihm geschmeidig Platz macht und sich Inita zuwendet. Sie spricht den Namen der Spanierin französisch aus, wie ‹Regie›.

«Regienita! Willkommen! Ich freue mich sehr, dich kennen zu lernen.»

Per und Pascal begrüßen sich überschwänglich. Lachend fallen sie sich in die Arme und boxen sich freundschaftlich.

«Na, Alter? Hast du es nicht länger ausgehalten im schönen Katalonien? – Aber das hier ist auch nicht zu verachten, oder?»

Per zeigt mit der Hand auf sein Haus und die Umgebung. Pascal lacht.

«Es ist umwerfend! Ich habe mich auf der Fahrt ein bisschen umgeschaut – warum waren wir früher nie hier?»

«Wir waren hier. Erinnerst du dich nicht an den alten Steinbruch mit dem Weiher?»

«Das war hier? – Zum Baden sind wir doch immer in die Eifel gefahren.»

Die vier stehen nun einander zugewandt in einem Kreis. Es entsteht eine kleine Pause, in der niemand spricht.

Per: «Ehrlich? So hätte ich dreingeschaut? Stimmt, ich habe mich abgemeldet gefühlt, als Rafa und Pascal sich in den Armen lagen, von beiden Seiten sozusagen. Da dachte ich aber noch nicht, dass irgendetwas faul sein könnte.» — «Quatsch, das hat mich nicht gekränkt. Wir waren da höchstens zwei- oder dreimal. Mit dem Fahrrad zum Steinbruch fahren, das war mal so ein Tick von uns. Ein Wunder, dass ich selbst es noch wusste. Wir sind immerhin seit zwanzig Jahren befreundet.» — Er schaut einen Moment lang in die Luft. «‹Perro› war ein bisschen machohaft, das stimmt. Ich find's nicht schlimm. That's life, würde ich sagen.» — «Ja, klar, das gilt auch dafür. Eigentlich bin ich ja kein ungeschickter Typ. Ich war irritiert. Inita hat mich vom ersten Augenblick an auf so eine physische Art angesprochen, als wäre ein Traktionsstrahl direkt von ihr auf meinen Unterleib gerichtet. Wirklich, ich konnte es spüren.»

«Hört ihr auch den Kuck-kuck?», fragt Inita.

Rafa, Per und Pascal schauen sich an.

«Kukuck-kuck», verhaspelt sich Pascal. Als er sieht, dass Rafa und Per zu lachen beginnen, lacht er auch.

«Es heißt Kuckuck, Reginita, mit nur einem K in der Mitte», erklärt Per.

«Wenn du ihm genau zuhören würdest», erwidert Inita nun ruhig, «würdest du bemerken, dass dies nicht richtig ist. Kuckuck ist nur scheinbar ein einfaches Wort.» Sie macht eine kleine Pause. «Es gibt andererseits viele Dinge, die tragen die komischsten Namen. Wörter, die nicht mal versuchen, eine Vorstellung von dem zu vermitteln, was sie bedeuten. Vor allem das Deutsche hat mit seinen vielen Adaptionen hierzu eine Tendenz.»

Diesem Vortrag hat nur Per aufmerksam zugehört.

«Ist ja nicht weiter schlimm», sagt er. «Wollt ihr das Haus sehen?»

Er streckt den Arm aus und zeigt auf die offene Haustür.

«Hey, du fährst den SLK 32 AMG», ruft Pascal. «In Brillantsilber?»

«War 'ne Gelegenheit. Die Farbe ist mir egal.»

«Lass mich mal sehen.» Pascal zieht Per am Arm; sie gehen zum Roadster. Rafa verdreht die Augen.

«Gehen wir ins Haus», sagt sie zu Reginita und hakt sich bei ihr unter. «Wir können uns ja so lange über Mode unterhalten ...»

Sie schaut Inita belustigt an. Die Spanierin macht sich wieder los.

«Nur einen Moment, bitte sehr. Ich komme gleich zu dir.»

Während Rafa ins Haus geht, bückt Inita sich. Sie hebt einen kleinen Schmetterling mit hellen Flügeln vom Kies auf. Sein Leib ist dunkel und pelzig, die zuckenden Beine lang wie die eines Weberknechts. Die Flügel, sehr hell, mit einem Hauch Grün, kleben aneinander. Sie erinnern an ein gequetschtes Blatt. Zum Rand hin verliert sich die ädrige Struktur, die Flügel haben hier Risse und glänzen feucht. Inita wirft das Insekt neben den Weg.

IV

Small flowers crack concrete

«Er gefällt mir», sagt Pascal. «Er gefällt mir wirklich gut. Auch wenn er nicht mehr der Neueste ist.»

Per geht um den Roadster herum und setzt sich neben ihn auf den Beifahrersitz. Er zieht einen kleinen Kartenkalender aus der Hemdtasche und behält ihn in der halb geöffneten Hand.

«260 KW.»

Pascal lacht. Er befühlt seine Taschen und zieht seine MercedesCard, die er genau wie Per vor sich hält. Er tippt mit dem Finger darauf.

«218.»

«3,2 Liter Hubraum.»

«5.»

Per schaut Pascal an.

«Von Null auf Hundert: 5,2 Sekunden.»

«9,7. – Der G 500 wiegt über zwei Tonnen!»

«Höchstgeschwindigkeit –»

Pascal winkt grinsend ab und steckt seine Karte ein.

«Sag mir lieber, ob du schon GPS hast.»

«Autopilot. Ist aber noch eine alte CD.»

«Der G 500 hat COMAND. Das ist viel mehr als ein Navigationssystem. Würde dir sicher gefallen. – Eigentlich solltest du auch einen Geländewagen fahren. Der Roadster ist nicht das richtige Auto für diese Gegend. Du wirst ihn zu Schrott fahren.» Pascal spielt mit dem Autoradio. Das Display zeigt die Größe der Reifen an und fragt nach aktuellen Werten. «Diese Straßen hier sind die reinen Schlaglochteppiche. Überall bricht das Gras durch.

Außerdem regnet es dauernd, hab ich recht? Wie viele Tage im Jahr kannst du offen fahren?»

Per lässt den Schlüssel aufschnappen und stellt die Zündung an.

«Der SLK verwandelt sich mit nur einem Knopfdruck von einem Roadster in ein wetterfestes Coupé.»

Pascal lässt seine Finger über die Chromringe um die Armaturen gleiten.

«Mal im Ernst. Ich meine, an einem Tag wie heute mag es ja ganz nett hier sein. Aber glaubst du wirklich, du hältst es länger als ein oder zwei Jahre aus? Du bist doch Teil eines Natur- und Freizeitparks.»

«Ich habe mir gut überlegt, was ich tue. Ich mach nicht alle zwei Jahre was anderes.»

Pascal grinst unwillkürlich.

«Das stimmt allerdings. Der Nachteil ist, dass du immer dabeibleibst, auch wenn es ein Fehler war, was du gemacht hast. – Hey, auf dem Weg zu dir wäre ich fast in ein paar Pferde gefahren. Sie liefen mitten auf der Straße rum. Sonst passiert hier doch nichts. In so einer Gegend bleiben nur die Dumpfbacken hängen.»

«Wenn die Autobahn frei ist, bin ich in einer halben Stunde in Köln. Ich kann dasselbe machen wie vorher. Ich unternehme sogar mehr. Und wenn Rafa erst zu mir gezogen ist –»

«Glaubst du wirklich, dass sie das tun wird?»

Pascal sitzt am Tischchen eines Gartencafés. Vor ihm stehen ein grünes Fläschchen und ein halb geleertes Glas mit einem Löffel drin. «Rafa hat es am Telefon angedeutet. Aber ich hätte mir auch so gedacht, dass Per kein Geld mehr hat. Ganz billig war das Haus ja nun auch nicht. Außerdem kenne ich seine Ansprüche.» — «Es ist ein altes Problem von Per, dass er im Grunde denkt wie ein Bauer. Als würde er schon seit Jahrhunderten auf demselben Fleck sitzen oder seine Vorfahren halt. Per sagt sich: Rafa gehört mir, also wird sie mitgehen, wenn ich umziehe. Es muss einfach passieren. Wie ein physikalisches Gesetz. Er vergisst, dass andere Menschen ein Eigenleben haben, unabhängig von seinem.» — «Klar, gerade Rafa. Sie war schon immer in hohem Maße unabhängig.» — Pascal nimmt sein Glas. Er grinst. «Ich denke über so was nicht nach. ‹Let it happen›, sage ich.»

Per reagiert nicht. Er fummelt hinter dem Fahrersitz rum.

«Hast du in Spanien eigentlich Aranja wiedergetroffen?»

«*La morcilla?*» Pascal lächelt flüchtig. Er versucht gerade, den Sitz höher zu stellen. «Wie kommst du darauf? Natürlich nicht. – Fährt sich die Automatik gut?»

Pascal drückt einen Knopf. Das Dach hebt sich. Als er noch mal drückt, fährt es wieder runter. Per schaut in den Fußraum. Er versucht murmelnd, mit den Füßen eine Gummimatte zu verschieben, die weit nach vorn gerutscht ist.

«Gefällt dir denn Barcelona noch immer so gut? Da zu leben, ist schließlich was anderes, als nur mal ein paar Wochen dort zu sein.»

«Ja.»

«Du willst also nicht zurückkommen. Du wartest, bis Reginita mit dem Studium fertig ist und zu dir zurückkommt.»

«Nein. Übrigens promoviert sie.»

«Und stört es dich gar nicht? Ich meine, ständig eine fremde Sprache zu sprechen und mit fremden Leuten zu tun zu haben?»

«Nö.» Pascal bleibt wortkarg. Nach einer Pause, in der er weiter an Pers Auto rumspielt, erklärt er:

«Mediterran. 2000 Jahre Geschichte. Offen für Innovationen. Gastlich, vielfältig, abwechslungsreich. Eine Stadt zum Leben und Teilhaben. Das ist Barcelona. – Aber was hast du auf dem Land vor? Ich meine, ohne Job …»

Per nickt vor sich hin.

«Ich hab ein paar Angebote. Vielleicht mach ich auch ein eigenes Büro auf.»

«Du gehst volles Risiko, hm?» Pascal drückt seinen Daumen gegen die Windschutzscheibe, als wollte er eine Mücke zerquetschen. «Haus kaufen, Büro aufmachen … vielleicht noch Kinder zeugen?»

«Haha.»

«Warum nicht? Du wärst der Typ dazu. Dass ihr nicht zusammenwohnt, wäre allerdings ein Problem.»

«Da hast du recht.» Per klingt sehr ernsthaft. «Es hat mich gekränkt, dass Rafa in Köln geblieben ist. Dabei sprach sie oft davon, dass sie sich verändern will. Neue Umgebung, vielleicht ein neuer Job und so.»

Pascal hat die Linke am schwarz belederten Lenkrad, die Rechte ruht auf dem Automatikhebel. Er deutet ein paar Lenkbewegungen an.

«Vielleicht hättest du sie nicht vor vollendete Tatsachen stellen sollen», murmelt er beiläufig. «Du musst mir das später genauer erzählen. – Was hältst du davon, wenn wir tauschen?»

Per wendet Pascal den Kopf zu.

«Was?»

«Naja deinen Roadster gegen den Geländewagen. Der G 500 ist praktisch neu, aber das ist mir egal. – Hey, sei kein Spießer. Es ist ein tolles Auto.»

Pers Ohren haben einen roten Glanz bekommen.

«Im SLK sitzt du sehr tief.»

«Ich kann mir ja ein Kissen unterlegen, ha, ha. – Komm, wir gehen mal rüber.»

Sie steigen aus. Pascal fährt mit dem Zeigefinger über die Glaskante des Seitenfensters.

«Ich habe gerade richtig Lust auf die Kiste. Lass uns tauschen, ja? Wenn er dir nicht gefällt, verkaufst du ihn und zahlst davon ein paar Raten deines Häuslebauer-Kredits.»

Die Röte hat sich von den Ohren über Pers Gesicht ausgebreitet. Kleine weiße Inseln lagern darin. Pascal ist schon unterwegs zu dem Geländewagen. Im Gehen hält er Pers Autoschlüssel hoch.

«Abgemacht? Mein Fahrzeugbrief liegt im Handschuhfach.»

«Der Roadster kann gar nicht so viel weniger wert sein als dein G 500», ruft Per hinter ihm her. «Er hat eine Menge Sonderausstattung, und ich habe ihn super gepflegt.»

V

Die Sonne scheint, die Vögel zwitschern wie Verliebte

Durch die Fenster des Zimmers, in dem Inita und Pascal sich umziehen, fällt das Sonnenlicht. Ein Riegel mit silbrigem Knopf hält die nach außen gehenden Fensterflügel halb offen. Es sind Vogelstimmen zu hören, unterlegt vom fernen *Chiüüü* eines Düsenflugzeugs.

«Ist dir aufgefallen, dass die Treppe gar nicht knarrt? Hier, die Dielen auch nicht.»

Pascal hopst ein paar Mal auf und ab. Der Dielenboden macht ein dumpfes, von Pascals Socken gedämpftes Geräusch. Inita stellt gerade ihre Kulturtasche neben das Rattanbett. Beim Bücken taucht ihr Haar ins Licht. Es glänzt feucht. Pascal betrachtet sie. Sie post vor ihm. Obenrum hat sie nichts als einen BH an.

«Mein Büstenhalter ist mit Spezialkissen gearbeitet.» Ihre Hände berühren den unteren Teil der Cups. «Die Kissen sind mit einem Wasser-Öl-Gemisch gefüllt und passen sich ganz meinen Formen an.»

«Das ergibt eine tolle Optik», murmelt Pascal.

«Und ein natürliches Gefühl», fügt sie hinzu, während sie den Fön aus ihrer Tasche nimmt.

«Ich benötige eine Steckdose für den Haarfön. Im Bad habe ich keine gefunden.»

Pascal deutet auf eine Dreiersteckdose in der Wand, auf halber Höhe neben der alten bäuerlichen Spiegelkommode.

«Wieso befinden sie sich so hoch?», fragt Inita.

Pascal hebt die Schultern.

«Dafür sind die Decken niedrig. Außer im *Living* natürlich. ‹Das *Living* hat doppelte Raumhöhe›.» Er äfft Per nach. «Die Hausbegehung hätte ruhig kürzer ausfallen können, was meinst du?»

«Die Besprechung mit Rafaela dauerte auch bereits zu lange.»

Inita stellt den Fön auf die höchste Stufe. Pascal lässt sich mit dem Hintern auf die Matratze plumpsen.

«Wenigstens das Bett quietscht. – Per ist immer noch Perfektionist. Aber alles in allem wirkt das Häuschen spießig. – Findest du nicht auch?»

Inita antwortet nicht. Pascal schlüpft in eine weiße Cargo-Hose und zurrt den schwarzen Gürtel zu. Auf der

Edelstahlschließe ist ‹Pascal› eingraviert. Er streift seine Bootsschuhe über.

«Findest du es nicht provinziell, wie hier alles eingerichtet ist?»

Inita hält den Fön vors Ohr. Pascal steht auf und tritt an sie heran. Im Spiegel ihr konzentriertes Gesicht. Mit einem plötzlichen Ruck reißt sie den Fön nach unten und bläst einen Käfer von der Kommode. Anschließend stellt sie das Gerät ab.

«Es gibt zu viele Tiere hier», sagt sie.

Pascal verfolgt den Weg des Käfers mit Blicken. Als das Insekt in einen Sonnenlichtstreifen auf dem Dielenboden gelangt, springt Pascal hinter ihm her. Er tritt mehrmals fest mit dem Fuß darauf. Inita zieht eine glänzende Strumpfhose mit breitem Comfortgriffrand und Bikinislip-Hosenteil an. Pascal wirft ein schwarzes Hemd über.

«Wie gefällt dir Pers Dreitagebart?»

«Es ist mir egal, ob er einen Bart trägt. – Dein Freund ist ein bisschen ein Tollpatsch.» Inita hebt die Arme und streift eine figurnahe Jersey-Bluse über.

«Was für Wörter du kennst –. Ich mag diese Art überhaupt nicht, die Haare auf dem Kopf genauso kurz zu tragen wie im Gesicht.»

Eine dicke Fliege schwirrt mit schwerem Brummen durchs Zimmer. Mehrfach stößt sie gegen das Fensterglas. Jedes Mal ertönt ein mattes *Pling*. Inita wartet, bis die Fliege zurück im Zimmer ist. Dann stößt sie eines der Fenster auf.

«Wird sie jetzt hinausfliegen, oder werden zusätzliche Fliegen hereinkommen und uns lästig sein? Ich mag nicht so sehr die Tiere. Rafaela brachte vorhin eine Biene aus dem Zimmer. Sie saß in dem – in der Gardine.»

«Rafa», murmelt Pascal und fasst von hinten in Initas Haare. «Du solltest ‹Rafa› zu ihr sagen. Sie ist nett, oder? Sie war mal in mich verliebt. Es ist fünfzehn Jahre her. Kannst du dir das vorstellen?»

Er streicht ihr Haar beiseite und küsst ihren Nacken. Inita streckt den Po raus und schmiegt sich an Pascal. So verharren sie eine Zeit lang mit winzigen Bewegungen. Hinter den beiden, in der offenen Tür, erscheint Pers Gesicht. Er zieht den Kopf schnell zurück und linst an der Türkante vorbei ins Zimmer. Nach einer Weile verschwindet auch der letzte noch sichtbare Streifen seines Profils.

«Rafa, eh?» Inita rollt das R. «Sie erwartet Sicherheit von einem Mann, Essen, ein Nest – solche Sachen. Vorhin hat sie selbst darüber gesprochen. Sie hat es ein bisschen versteckt, aber ich habe gut verstanden.» Inita steigt in ihre grau melierte Boot-Cut-Hose. «Du bist nicht so. Du bist mehr wie ein Bienenmann.»

«Es heißt ‹Drohne›. Hey, was willst du eigentlich damit sagen?» Er lacht, unsicher. «Vielleicht hätte sie mich ja verwandelt, vom armen Bienenmann in einen schönen häuslichen Prinzen.»

«Vielleicht möchte sie das immer noch tun. Du hast sie nicht gehört, als sie mit mir geredet hat. ‹Wenn ihr euch frisch machen wollt – es ist noch genug Zeit.› An der Stelle von ‹frisch machen› hätte sie ‹ficken› gesagt, wenn sie sich getraut hätte. Rafa hasst mich, ein bisschen.»

Pascal macht den letzten Knopf an seinem Hemd zu. Er schaut Inita in die Augen, sie weicht mit dem Kopf aus, er verfolgt sie und versucht sie zu küssen. Inita lässt es nicht zu. Beide lächeln verschlagen.

Per rutscht im Stuhl nach vorn. «Sie hatten die Tür offen gelassen, und das hat mich verlegen gemacht. Also, ich wusste einen Moment lang nicht, ob ich einfach reingehen soll oder klopfen oder weitergehen. Ich wollte die Situation einschätzen. Außerdem bin ich nach nicht mal einer Minute wieder weg gewesen.» — «Gefallen? Hmm, das ist ja relativ. Ich glaube schon, dass sie einen guten Eindruck vom Haus hatten, auch wenn ihnen im Detail das Verständnis fehlte.» — «Alle Entwürfe stammen von mir. Im Großen und Ganzen habe ich mich sehr zurückgehalten, möglichst wenig in die Bausubstanz eingegriffen. Das ist die große Kunst bei so einem Umbau: nicht zu viel machen. Das alte Raumkonzept zum Beispiel war ideal. Ich habe da nur wenig geändert. Die Nutzung ändert sich natürlich. Hie und da habe ich einen Akzent gesetzt, besonders im Living, dem früheren Stall. Da habe ich die Zwischendecke entfernen lassen und nach Süden raus große Fenstertüren eingeplant. Hier ist auch die Inneneinrichtung bewusst technizistisch und kühl.»

VI

Eine Fledermaus könnte als eine nach Ovids Art
verwandelte Maus bezeichnet werden, die, von einer
unzüchtigen Maus verfolgt, die Götter um Flügel
bittet, die ihr auch gewährt werden.

Langsam zieht der Abend den Hügel herauf. Die Bienen sind verstummt. Schwalben kreuzen in schnellen Strichen durch die Luft. Von der Talsohle ist das entfernte Quaken einzelner Frösche zu hören. Per und Pascal stehen bei dem neu angelegten Gartenteich. Seitlich liegt noch der frische Aushub. Der Teich besteht aus einer Anordnung rechteckiger, ineinander verschachtelter Becken, in denen verschiedenartige Wasserpflanzen wachsen. Das größte Becken wird von einem aus dem Wasser ragenden Betonzylinder bestimmt. Eine kleine, lebensechte Schildkröte sitzt darauf.

«–kannst du eben nicht. Japan ist Japan.» Per bückt sich und zupft ein paar Gräser aus den Fugen der Platten am Rand der Anlage. «In dieser Umgebung verlieren die fernöstlichen Gärten ihr Gesicht. Ich kenne in ganz Europa kein gelungenes Beispiel. Du kannst nicht alles überall haben.»

«Aber das hier, entschuldige, sieht aus wie eine Kneippkuranlage.» Pascal macht eine Armbewegung über die Becken weg. «Was du mir erzählst von der menschlich perfekten Form, die in Spannung zur unnachahmlichen Natur steht, finde ich hier nicht.»

«Du übersiehst die große Rolle, die der Zufall in der japanischen Kunst spielt.»

«Ich sehe ihn nicht, Per; in deiner Anlage ist davon nichts zu erkennen. Alles, was ich sehen kann, ist ein stehendes Gewässer. Was ist das eigentlich für eine Vorliebe? Warum fließt da nichts?»

Während Per und Pascal diskutieren, kommt Inita auf die Terrasse. Sie hat eine graue Feinstrickweste über die Schultern gelegt; jetzt schlüpft sie in die Ärmel. Auch Pascal trägt eine leichte Jacke. Nur Per steht noch mit halb offenem Hemd da. Inita telefoniert. Hie und da klingt ein Laut von ihr zum Teich herüber. Die Männer ersteigen gemeinsam die Stufen zum Garten und kehren auf die Terrasse zurück. Unterwegs nimmt Pascal erneut das Gespräch auf.

«Da war vorhin ein kleiner Junge, der mit seinem Fahrrad mitten auf der Straße fuhr. – Es gibt doch gar kein Dorf in der Nähe.»

«Das muss Robert gewesen sein. Seine Eltern haben so einen Aussiedlerhof hier in der Nähe. Er ist nicht ganz da.» Per zeigt auf seinen Kopf und macht mit dem Zeigefinger eine Drehbewegung. «Die sind alle komisch.»

«Ich bin bestimmt zwei Minuten lang hinter ihm hergekrochen und konnte nicht überholen. Wenn er immer so fährt, hat er gute Chancen, jung zu sterben.»

Pascal stolpert über eine Gießkanne. Er flucht. Per lacht. So betreten sie die Terrasse.

«Es wird allmählich kühl, hmm?» Pascal hat sich hinter Inita gestellt und reibt durch die Weste ihre Arme. «Das ist das Schlimmste an Deutschland: die Kälte. Es ist kalt und nass.»

Inita räkelt sich in Pascals Armen, doch ihr Tonfall ist nüchtern.

«Du widersprichst dir. Eine Stunde zuvor wolltest du noch ein Haus in dieser Traumregion kaufen.»

«Wir haben alle unsere Träume», schaltet Per sich ein. «Nicht jeder erfüllt sich.»

«Es geht nicht um die Erfüllung», erwidert Inita. «Es geht darum, ob man von den Dingen fantasiert oder etwas tut. Du wirst finden, dass Pascal viele Dinge plant, aber er macht sie nicht.»

Pascal schaut Inita böse an. Per lacht.

«So war er schon immer», sagt er beifällig. «Reginita schaut in dich rein, mein Lieber.»

«Viele Menschen sind so», sagt Inita ungerührt. «Es ist leicht, eine Hypothesis zu machen und im nächsten Satz eine weitere, widersprechende.»

Per nickt.

«Ich bin da anders. Ich habe meine Grundsätze. Nimm

zum Beispiel das Haus. Ich wollte einen Schritt machen, mich verändern. Und ich habe es gewagt. Selbst als sich rausgestellt hat, dass Rafa vorläufig in Köln bleiben möchte, bin ich bei meinem Plan geblieben.»

«Das ist starrköpfig», stellt Inita fest. «Starrköpfigkeit ist auch nur eine Hypothesis. Sie führt selten zu dauerhaften Entschlüssen. Es ist also wahrscheinlich, dass du bald zu Rafa zurückgehen wirst, und dein Leben auf dem Lande wird wieder zum Traum.»

Per schaut Inita entgeistert an; Pascal murmelt leise: «Du bist selbst eine wandelnde Hypothesis.» Inita verschränkt die Arme vor der Brust und schaut von einem zum anderen.

Rafa kommt mit einem Tablett auf die Terrasse. Sie trägt eine Strickweste, die der Initas ähnelt. Über den Arm hat sie eine weitere Jacke gelegt. Sie verteilt die Aperitifs und hält Per die Jacke auf, der kommentarlos hineinschlüpft.

«Übers Wochenende soll es sonnig bleiben. Wir könnten morgen einen Ausflug machen.»

«Leider, das geht nicht.» Inita klingt verbindlich. «Ich werde am Sonntag zu einem Kongress nach Frankfurt fahren und muss mich noch vorbereiten.»

«Wenigstens bis morgen früh könnten wir bleiben.»

Reginita wirft Pascal einen zornigen Blick zu. Die beiden tuscheln eine Weile, dabei legt Pascal seine Hand auf den Unterarm der Spanierin, die ihn energisch wieder abschüttelt. Kurz danach hebt sie resigniert die Schultern und wendet sich halb ab.

«Wir bleiben», verkündet Pascal.

«Toll», ruft Rafa überschwänglich. Alle drei schauen sie verwundert an. Ihre freudige Miene macht einem verbindlichen Lächeln Platz.

«Pascal, jetzt musst du mir endlich von Barcelona erzählen.»

Sie legt ihren Arm um die Schultern des klein gewachsenen Mannes und führt ihn von der Terrasse weg. Per kommt mit dem Glas in der Hand zu Inita und stößt mit ihr an.

«Worüber wirst du referieren, Carm-, ech, Reginita?»

Über Initas Gesicht wandert ein Lächeln.

«Familiale Basisbedingungen der Goethezeit im Licht aktueller mikrosozialer Dissoziationsprozesse.»

«– im Licht», wiederholt Per leise. «Das klingt interessant. Erzähl mir etwas darüber.» Er bietet ihr seinen Arm an. «Wenn du möchtest, schlendern wir derweil durch den Garten. Ich zeige dir meinen Teich.»

Rafa: «Als Per mit ihr in den Garten ging, war ich einen kurzen Moment wütend. Wie er geturtelt hat! Mir stand sofort wieder die Begrüßung vor Augen. ‹Sag du zu mir. Nenn mich Per.› … Fass mir ruhig an den Schw… – Ich fühlte mich verraten, von Anfang an. Links liegen gelassen. Ich habe mich schnell wieder im Griff gehabt.» — «Doch. Ich meine: Wie alle Männer balzt er gern, wenn er Gelegenheit hat. Früher machte es mir nichts, weil ich glaubte, dass er niemals weitergehen würde. Eher, dachte ich, hätte ich Grund gehabt, auf sein Haus eifersüchtig zu sein.»

Pascal: «Nein, nein, es war alles easy going. Ich hatte einfach ein angenehmes Gefühl. Vielleicht hat Rafa ja irgendwas Besonderes gespürt, auch wenn sie im Nachhinein sicher behauptet, dass alles, was am Samstag passierte, meine Schuld ist. Sie hat ja gleich das Gespräch auf früher gelenkt, als wir zum ersten Mal miteinander allein waren. Ich glaube, es hat sie von Anfang an mehr beschäftigt als mich. – Was?

Naja, ob damals alles richtig gelaufen ist. Ob ihr Leben heute nicht ganz anders aussehen könnte, wenn sie sich gegen Per entschieden hätte.» — «Ja, im Nachhinein bekommt es etwas Symbolisches, dass Per das Terrarium ausgerechnet an jenem Tag weggeworfen hat. Die beiden Frösche waren so etwas wie seine seelischen Klassensprecher. Er konnte nie gut über Gefühle reden, aber oft sagte er: ‹Meine Frösche haben es nicht warm genug.› Oder: ‹Betty schneidet Zorc schon seit einer Woche.› – Man konnte es immer auf sein Befinden zurückführen. Ursprünglich waren es übrigens mal drei Frösche. Einer ist gleich am Anfang verschwunden. Vielleicht haben die anderen beiden ihn gefressen.» Er lacht.

Rafa und Pascal stehen auf einem kleinen freien Platz unweit der Terrasse und halten ihre Gesichter in die letzten Strahlen der Sonne. Sie haben die Augen geschlossen, als wollten sie auf den Abend lauschen, das Verstummen der Vögel, das leise Zirpen der Grillen und das allmählich anschwellende Quaken der Frösche. Eine Stechmücke sirrt vorbei. Sowohl Rafa als auch Pascal schlagen mit der Hand nach ihr. Beide öffnen die Augen.

«Per hat heute sein Terrarium weggeworfen. Beide Frösche sind kurz hintereinander eingegangen. Erinnerst du dich, dass wir ihn eine Zeit lang den Froschmann genannt haben? Damals?»

«Als wäre etwas dabei – ich habe als Junge mal Fische gehabt.»

«Aber Per ist über 40.»

Rafa klingt nachdenklich.

«Das Alter, in dem man vom Terrarium zum Teich wechselt.»

«Du findest dich nach wie vor witzig, hm?»

«Ich bin witzig. Das ist ein Teil meines Wesens.»

Er klingt jovial. Rafa hat die Augen wieder geschlossen. Pascal nimmt sein Blackberry aus der Tasche und tippt eine Kurznachricht. Als er fertig ist, steht Rafa immer noch schweigend und ohne zu schauen da. Vorsichtig nähern sich seine Fingerspitzen ihrem Arm und streicheln ihn. Keine Reaktion.

«Soll ich lieber gehen? Möchtest du den Sonnenuntergang allein genießen?»

«Schmollst du wirklich, oder tust du nur so?» Rafa schlägt die Augen auf. «Ich habe gerade darüber nachgedacht, warum du, kaum dass du da warst, gleich wieder weggefahren bist.»

«Ich wollte unbedingt mal den Roadster fahren. – Wir tauschen, Per und ich.»

«Und lasst mich eine ganze Stunde oder länger mit Inita allein. Deine Freundin kann stur wie ein Esel sein, ich hoffe für dich, dass sie noch andere Seiten hat. – Darüber wollte ich jetzt gar nicht sprechen.»

Bei den Worten «deine Freundin» hat Pascal abwehrend einen Finger gehoben, doch Rafa hat sich nicht unterbrechen lassen.

«Inita weiß, was sie will», sagt er nun halbherzig.

«Sie ist stur», beharrt Rafa. «Aber lassen wir das. Ich komme noch mal auf heute Nachmittag zurück. Mir kam es so vor, als hättest du dich kein bisschen verändert –»

«Ich seh immer noch gut aus.»

«Hör auf rumzualbern, bitte. Du warst schon immer so. Kaum bist du da, willst du schon wieder weg.» Sie zupft ihre Weste zurecht. «Ich nehm es dir heute noch übel, dass du damals auf Kreuzfahrt gegangen bist, als alles auf der Kippe stand. Du hast mich allein gelassen. Wenn du geblieben wärst …»

Sie bricht ab. Pascal schaut sie versonnen an. Er schweigt

ebenfalls. Gemeinsam machen sie ein paar Schritte auf den Garten zu.

«Du hättest mitkommen können.»

«Mein Vater lag im Sterben. Ich hätte es mir niemals verziehen, wenn ich ihn allein gelassen hätte.»

«Das ist doch emotionale Steinzeit.» Die beiden stehen wieder nebeneinander und schauen ins Tal. «Warum fängst du wieder davon an?»

«Ich weiß nicht. Es beschäftigt mich. Als ich hörte, dass du kommen willst … das war mir nicht gleichgültig, Pascal.» Sie atmet hörbar aus. «Hab ich dich überfahren?»

Leise schüttelt Pascal den Kopf. Sie geben sich die Hand. Die Sonne verschwindet hinter den Hügeln auf der anderen Seite des Tals. Die Landschaft wird schal. Schweigend hängen beide ihren Gedanken nach. Vom Garten klingen die Stimmen Pers und Initas herüber. «Da war ein Tier», ist Per zu hören, «ich habe es weggeschnippt.» – «Weg-geschnippt? Was bedeutet das?» Per versucht eine Erklärung. Pascal ist aufmerksam geworden und deutet mit dem Kopf in Richtung Garten. Rafa bemerkt das nicht. Nach einer weiteren kleinen Pause knüpft er in verändertem Ton an das Gespräch an.

«Es war richtig von dir, in Köln zu bleiben.»

«Ich weiß nicht, ob ich dort bleibe. Ich bin jetzt viel allein.»

Auch Rafas Blick ruht nun auf den schemenhaft zu erkennenden Gestalten im Garten. Pascal wiegt den Kopf.

«Vielleicht ist Köln die falsche Stadt. Hey, du wolltest wissen, wie ich in Barcelona lebe? Ich sag's dir. Ich habe die Stadt als Lebensraum wieder entdeckt. Besser gesagt: die Metropolen. Dabei sein, mitkriegen, was läuft. Gemeinsam mit Millionen anderen den Pulsschlag einer Stadt fühlen – das ist Barcelona. Barcelona ist ein Gefühl. Es gibt und empfängt –»

«*Que significa murciélagos*», ruft Inita aus dem Garten. Pascal, der es nicht weiß, ruft «*no idea*» zurück.

«Die Tiere, die äußern Laute, die man nicht hören kann. Sie fliegen im Dunkeln», erklärt Inita, wieder mit leiser Stimme.

«Du meinst Fledermäuse. Auf Deutsch heißen sie Fledermäuse, wie die Maus», erwidert Per. Anschließend heftiges Gemurmel.

«Pascal! Bitte, komm zu mir», ruft Inita durch den Garten.

«Was willst du denn?»

«Komm! Bitte gleich!»

Pascal bringt seinen Satz von vorhin nicht mehr zu Ende. Er wirft Rafa ein Küsschen zu und verschwindet in dem nun dunklen Garten. Rafa steht unbewegt da. Sie spricht leise ihre Erwiderung.

«Im Grunde weiß ich selbst nicht, warum ich in Köln bleibe. Rund um die Uhr telefonieren und Verabredungen treffen, jeden Abend entweder in der Kneipe oder im Kino oder in der Disco oder bei Freunden sein, das alles sagt mir nicht mehr viel. Ich brauche keine Metropolen.»

Sie reibt sich die Oberarme und wendet sich dem Haus zu.

«Es ist so schön, dich wiederzusehen, Pascal», murmelt sie. «Warum haben wir all die Jahre keinen Kontakt gehabt?»

VII

Zutaten, Töpfe und Küchenwerkzeuge müssen schnell zu greifen und ebenso schnell auch wieder abzustellen sein.

Derselbe Abend, 22.00 Uhr.

Vor dem Küchenfenster scheint Licht auf und bricht sich an der Spritzwand aus Aluminium über der Anrichte. Per schiebt mit dem Messer Essensreste von einem Teller in den Müll. Mehrere Knochen liegen in dem Abfall, ein halb gegessener Entenflügel und Stücke gebratener Haut. Per gießt den Rest eines grün-braunen Fonds darüber. Sein Kiefer ist angespannt. Auf der Stirn zwei senkrechte Falten. Er klappt die Spülmaschine zu. Sie spült fast geräuschlos.

Per fängt an, Birnen zu schälen. Während er die Gehäuse herausschneidet und die Früchte in Spalten teilt, kommt Inita herein. Sie hat ein Paar Entenfüße in der Hand und in eine Serviette gewickelt einige Federn. Per schaut nur kurz auf. Er arbeitet weiter an seinem Obst.

«Möchtest du diese aufheben, oder wirst du sie fortwerfen?»

Inita streckt die Hand vor. Die Füße wirken schlaff, verblasste gelbe Dreiecke, die sich an den Rändern wellen.

«Ich werfe sie weg. Du kannst sie da in den Müll tun. – Nein, lass ihn bitte offen.»

Er nimmt vier Teller aus dem mobilen Stauraumelement und ordnet mit großer Sorgfalt die Birnenspalten darauf an.

Rafa pickt eine Fluse vom Ärmel. «Natürlich haben wir Inita gefragt, ob sie mit rauskommen will. Sie wollte nicht. Mir wäre es sogar lieber gewesen, wenn sie mitgekommen wäre.» — «Naja, wegen Per. So wie der nachmittags im Garten losgelegt hatte, das hab ich ja schon erzählt – Wie? Ja, ich war eifersüchtig. Aber ich habe es mir nicht eingestanden.» — «Nein. Pascal und ich sind ja nur spazieren gegangen, das haben wir schon oft gemacht. Nein, an dem Freitagabend war Per bestimmt noch nicht eifersüchtig.»

Per verzieht das Gesicht. – «Grüne Granatapfelsoße. Kann es Schlimmeres geben? Ich bin Perfektionist, ich kann es nicht haben, wenn so was danebengeht. Wenigstens das Dessert sollte einwandfrei sein. Deshalb hat es mich zunächst gestört, als Inita in die Küche kam.» — «Hätte ich geahnt, was noch kommt, wäre ich bestimmt beunruhigt gewesen. Aber ehrlich: Ich hatte in diesem Moment ganz andere Sorgen.» Er muss grinsen.

Immer wieder schielt Per zu Inita rüber. Die Spanierin steht vor dem Küchenfenster und starrt Richtung Einfahrt. Vielleicht betrachtet sie auch bloß ihr Spiegelbild. Die Arme hat sie auf die Arbeitsplatte gestützt und den Oberkörper vorgebeugt. Sein Blick gleitet an ihr runter. Ihr kleiner, fester Hintern zeichnet sich deutlich ab. Die Oberschenkel sind schlank. Inita trägt Spangenpumps in Karreeform mit 80-mm-Absatz. Trotzdem ist sie eine Handbreit kleiner als Per.

«Das Essen war sehr hervorragend.»

Er senkt schnell den Blick, als sie ihn anspricht.

«Besonders die Soße, was? Ihr habt alle nur anstandshalber davon genommen.»

«Deshalb musst du nicht auf den Boden schauen wie

ein Junge. Wenn ich das Essen lobe, beziehe ich mich auf das Ganze. Es war mehr als eine Bratensoße.»

«Lass uns nicht mehr davon sprechen. – Pascal ist mit Rafa nach draußen gegangen, nehme ich an?»

Per ist rot im Gesicht, er spielt absichtslos mit dem Küchenmesser. Inita nickt. Sie hat sich zu ihm umgedreht, jetzt steht sie mit dem Rücken zum Fenster, eine Hand auf die Arbeitsplatte gelegt, die andere locker herabhängend, die Beine geöffnet. Sie lässt die Finger über die Arbeitsfläche gleiten.

«Die interessante Materialkombination aus Aluminium, Holz oder Glas verleiht deiner Küche einen unverwechselbaren Charakter.»

«Schön gesagt», lacht Per. «Du hast ein Gespür für Innenarchitektur. Ich erklär dir gern, worauf ich raus wollte: mit skulpturell und funktional gestalteten Küchenelementen einen unverwechselbaren Lebensraum zu schaffen, der auf das Wesentliche reduziert ist und zugleich eine souveräne sympathische Wärme ausstrahlt. Verstehst du? Zum Beispiel hier.» Per zeigt auf die streng geometrische Dunstesse mit Flachschirm und zwei fahrbare Schränke. «Eine dezente Formensprache und die Besinnung auf das Wesentliche eröffnen Freiräume für eine individuelle und kreative Raumorganisation. Es entstehen neue Formen des Wohnens, deren Mittelpunkt der Mensch ist, mit seinen persönlichen Vorstellungen, seinen Bedürfnissen und seiner unverwechselbaren Lebensart.»

«Dieser Ansatz ist zweifellos ein Ergebnis der Neunzigerjahre. Sie waren geprägt von der Begrenztheit ökologischer Ressourcen und der Qualität moralischer Werte. Das kommunikative, lustbetonte Kochen und professionell gesundheitsbewusste Umgehen mit Nahrungsmitteln gewann an Bedeutung.»

Im Küchenfenster wird es wieder dunkel. Per macht einen Schritt auf Inita zu.

«Wie klar du die soziale Komponente fassen kannst! Ich selbst spreche lieber über den Raum.»

«Die Leitmotive der Neunziger bestimmen auch die Esskultur im ersten Jahrzehnt des neuen Jahrtausends. Am stärksten gilt dies für die Faktoren Gesundheit, Genuss, Umweltverträglichkeit und Appetitlichkeit. Mehr selbst kochen, mehr regelmäßige Mahlzeiten und weniger Restaurantbesuche sind die Trends fürs neue Jahrzehnt.»

Per und Inita schauen sich unverwandt an. Ein Halogenstrahler an der Decke scheint Per ins Gesicht. Das weiße Licht vertieft den Eindruck dunkler Ränder unter seinen Augen. Die grauen Härchen stechen wie Nadelspitzen aus seinem Haar und seinem Bart. Inita dagegen steht im Halbschatten. Ihre Augen spiegeln das Licht, auf den Kanten der weiß glänzenden Schneidezähne schwankt ein Leuchten. Auf ihren Lippen scheint ein Lächeln zu liegen.

«Ich muss weitermachen», sagt er schließlich und wendet sich wieder den Desserttellern zu.

«Kann ich dir bei einer Sache helfen?»

«Ich weiß nicht … Höchstens ein bisschen aufräumen. Oder du kannst die Sahne schlagen. Der Mixstab ist in der Gerätegarage.»

Per zeigt auf einen Schrank unter der Arbeitsplatte.

Inita streift die neben den Desserttellern liegenden Schalen mit den Fingern. «Oh, *peras*», murmelt sie und fischt ein kleines Stück heraus, das sie schnell in den Mund steckt. Per dreht die Flamme unter dem Wasserbad zurück. Er gießt Birnensaft mit etwas Honig in eine Schale, stellt sie ins warme Wasser und zieht ein Ei unter.

Inita schlägt die Sahne. Wieder unterbricht er seine Arbeit und schaut ihr zu.

«Wuff!»

VIII

Dabei bemerkte ich, dass ein zweites Weibchen
ebenfalls den gleichen Kasten anflog,
es wurde aber von dem anderen – ich nenne es
A-Weibchen – dauernd vertrieben, hielt sich aber
«hartnäckig» immer in der Nähe auf.
Das Männchen duldete beide Weibchen!

Rafa und Pascal schlendern Arm in Arm ums Haus. Unter dem Dachbalken, auf den das Rotschwänzchen sein Nest gebaut hat, sitzt eine grau getigerte Katze. Sie wendet den beiden den Kopf zu; die rosa Haut in ihren Ohren schimmert im Licht des Außenstrahlers. Schnell schaut sie wieder nach oben. Erst als Rafa und Pascal sich ihr immer mehr nähern, huscht die Katze in den Garten hinaus. Im Nest ist es still. Rafa bückt sich und sucht den Boden ab.

«Keine Federn. Ich habe schon den ganzen Nachmittag Angst, dass sie irgendwie da raufkommt und das Nest ausräumt. Aber sie einfach zu verjagen, bringe ich nicht fertig. Es erscheint mir fast ebenso ungerecht.»

«Das ist gar nicht eure? Ich dachte, ihr hättet auch eine Katze.»

Pascal nimmt seine Hand von Rafas Hüfte, bleibt aber nahe bei ihr. Rafa hält mit einer Hand die Weste über ihrer Brust zusammen.

«Pers Katze ist tot. Rot, wollte ich sagen. Pers Katze ist

rot, die alte Katze ist tot. Pers Katze hat noch nie da gesessen. Ich glaube, sie ist zu träge, um zu jagen.»

«Wie der Herr, so der Hund –»

Pascal lacht los, er kann seinen eigenen Satz kaum zu Ende bringen. Rafa boxt ihn auf den Oberarm. Unbeeindruckt zieht er eine Zigarre hervor und schneidet sie an. Den Anschnitt lässt er samt Werkzeug in der Jackentasche verschwinden. Rafa hat eine filterlose Gitane aus ihrem samtbezogenen Zigarettenetui genommen. Pascal reißt ein Streichholz an und gibt ihr Feuer. Er schafft es nicht, mit demselben Hölzchen seine Zigarre anzurauchen, und nimmt ein zweites. Der herbe Qualm zieht in kleinen Wolken durch die Luft, die schnell in der Dunkelheit verschwinden.

«Lass uns spazieren gehen.»

Rafa packt den Freund am Oberarm und schiebt ihn in Richtung Wald.

Auf dem Boden neben dem Eames-Stuhl steht eine Flasche Wasser. Rafa spielt mit dem leeren Glas in ihrer Hand. «Das war nichts Ungewöhnliches. Zwischen Pascal und mir war es immer so, dass wir uns einfach in den Arm nehmen konnten.» — «Ich war froh, rauszukommen. Dieses Abendessen war so blöd – Per mit seiner miesen Laune, der sich die ganze Zeit darüber stritt, ob die Deutschen eine Esskultur haben, und Inita, die den Mund nicht aufbekam – ich hätte mir am liebsten ein Taxi kommen lassen.» — «Das stimmt ja nicht. Es war keine ernsthafte Idee von mir, nach Barcelona zu gehen. Ich bin nur darauf gekommen, weil ich gerade an meinen Job dachte, der mir in letzter Zeit kaum noch Spaß macht.» — «Per? Er wird wohl kaum noch glauben, dass ich dahin will. Aber selbst wenn … es schadet ihm nicht, wenn er ein bisschen schmort.» — «Vielleicht wollte ich mit Pascal spielen?» Sie lacht kurz.

Vor dem Haus gehen zwei Solar-Standleuchten an, als Rafa und Pascal um die Ecke kommen. Das Licht fällt weich auf den Kiesweg, gerade so hell, dass die nächste Umgebung erkennbar ist. Die noch nicht dicht stehenden Halme der Einsaat werfen kurze scharfe Schatten.

«Hey, tolles Licht», ruft Pascal. Er holt eine Kamera aus der Jackentasche, klappt das Display seitlich weg und beginnt Rafa zu filmen. Rafa wendet sich halb ab.

«Lass das doch, Pasc.»

«Im Profil siehst du besonders toll aus», murmelt Pascal. «Hoffentlich reicht das Licht.»

«Ich fühle mich immer so gezwungen, wenn eine Kamera in der Nähe ist. Als wäre ich gar nicht mehr ich. – Bist du sicher, dass es nicht blöd aussieht?»

Sie lockert die Schultern und strafft den Oberkörper; ihre Weste liegt nun eng an.

«Immer besser», sagt Pascal. «Nimm mal den rechten Arm hoch. Winkel ein Bein an.»

«Jetzt reicht es aber.»

Rafa hält die Hand vor das Objektiv. Pascal schwenkt langsam über den Weg und den Rasen in den nächtlichen Himmel.

«Das wird aussehen wie eine Schwarzblende. Deine Hand schneid ich raus.» Zufrieden steckt er die Kamera ein. «Was hat Per eigentlich gezahlt?»

Pascal deutet auf Haus und Schuppen, dann zur anderen Seite, den Hügel hinauf.

«Hunderttausend.»

«Das ist zu viel! Es wird sich niemals rentieren. – Kann er es eigentlich abzahlen, wenn er jetzt arbeitslos ist?»

«Es ist schon bezahlt. Er hatte das Geld, sogar das für die Umbauten.»

Im Wald schlägt eine Nachtigall; sie verstummt, als

plötzlich ein paar Zweige knacken: ein Tier, das durchs Unterholz bricht.

«Hast du gehört?», fragt Rafa. «Unheimlich. Es gibt alle möglichen Tiere hier. Rehe, Wildschweine, Eulen. Per hat erzählt, dass vorige Woche ein Fuchs auf der Terrasse saß.»

Immer noch knackt und raschelt es im Wald. Selbst größere Zweige bersten mit trockenem Krachen. Rafa legt den Arm um Pascal. Seite an Seite schreiten sie langsam voran.

«Läuft deine Firma wirklich so gut, wie du beim Essen behauptet hast?»

«Es wundert mich selbst. Jahrelang hat ein Start-up nach dem anderen Pleite gemacht. Du weißt ja, wie die Stimmung in der Branche war. Wir dagegen sind jedes Jahr gewachsen. Zwei Sachen waren bei uns immer klar. 1.: Wir betrachten die Entwicklung am Markt nüchtern. Wir haben uns nie von Euphorie hinreißen lassen, nie darauf spekuliert, von ahnungslosen Anlegern in alle Ewigkeit kapitalisiert zu werden. 2.: Wir stopfen niemandem Geld in den Rachen. Wer bei uns mitmacht, muss ordentlich was leisten. Nur dafür gibt's auch ordentliches Geld.»

«Das klingt eher so, als würdest du deine Leute schlecht bezahlen. Bei uns waren die Honorare früher enorm. Als wir übernommen wurden und für kurze Zeit die Alternative hatten, uns fest anstellen zu lassen, haben mich alle ausgelacht, weil ich das wollte. Jetzt lacht keiner mehr.» Sie bleiben stehen. «Trotzdem fühle ich mich nicht wohl. Die Stimmung ist hin. Ich bin eine der wenigen, die noch die volle Leistung bringt.»

«Bei uns ist die Stimmung super! Gebot Nr. 1: Du sollst ein gutes Betriebsklima schaffen.»

Pascal klingt begeistert. In der folgenden Pause wird sein Gesichtsausdruck wieder nüchtern. Er reibt sich fröstelnd die Arme.

«Wenn ich es richtig verstanden habe, macht deine Firma doch das Gleiche wie meine. Ich meine: die, bei der ich arbeite ...»

«Ja, du könntest morgen bei uns anfangen. Ok, ein bisschen Spanisch solltest du noch lernen.»

«Meinst du?»

«Ganz im Ernst.»

«Abgemacht. Ich kann zum Quartalsende kündigen. Am 1. Juli fang ich bei dir an.»

Pascals Zigarre ist ausgegangen. Er schmeißt sie in die Büsche und tastet mechanisch nach einer neuen.

«Es ist nur so, Rafa, dass ich mich aus dem operativen Geschäft zurückgezogen habe. Ich entwickle gerade ein neues Projekt, weißt du. Eine Art ... Sozial-Fonds. Das wäre überhaupt auch was für dich, ich muss dir mal davon erzählen. – Also, ich müsste zuerst mit Alberto reden. Also, ob es ganz so schnell möglich ist, weiß ich nicht.»

Rafas Grinsen kann Pascal in der Dunkelheit nicht sehen.

«Außerdem: Was ist mit Per?»

«O ja, Per», erwidert sie, als fiele es ihr gerade erst ein. «Ich habe den Eindruck, Pascal, du hast dein Angebot nicht richtig ernst gemeint.»

«Doch, natürlich. Du weißt doch, wie das ist, wir sind alle von verschiedenen Faktoren abhängig. Darf ich mir bei dir eine Zigarette schnorren? Ich hab keine Zigarren mehr da.»

Rafa nimmt ihr Etui raus und gibt ihm eine. Pascal zündet sie selbst an.

«Warum arbeitet Inita nicht bei dir?»

«Inita studiert.»

«Was findest du eigentlich an ihr?» Rafa schaut Pascal scharf an, in der herrschenden Nacht sind seine Züge indes kaum wahrnehmbar. «Sie ist konservativ, streng, um nicht zu sagen steif, und sieht nicht mal besonders gut aus. Hat dein Geschmack sich so verändert, oder hast du keine Alternative gehabt?»

«Jetzt mach mal 'nen Punkt. Ich mag Inita. Sie hat bei uns gejobbt, bis sie nach Deutschland gegangen ist. Ich bin hier, um ihr bei der Promotion zu helfen – also ich koch für sie und so. War ein Anlass, mal wieder herzukommen. Nach Deutschland, meine ich.»

Hinter ihnen erlischt die Außenbeleuchtung. Wenige Sekunden später strahlen vor ihnen in den Bäumen zwei Universal-Solarleuchten auf.

«Diese Hochleistungs-LEDs erzeugen eine extreme Leuchtkraft bei minimalem Stromverbrauch.»

«Ich weiß, der Leistungsaufwand beträgt nur ein Watt. – Liebst du sie?»

«Was ist daran so wichtig? Nein.»

Er nimmt versehentlich einen Lungenzug und muss husten. Rafa wendet sich ihm zu, sie schließen sich in die Arme und drücken sich.

«Ich glaube fast –, ich glaube nicht, ich kann nicht glauben, dass du eifersüchtig bist. Du und Per, zwischen euch hat doch all die Jahre kein Blatt gepasst. Jedenfalls hab ich das immer wieder gehört.»

«Wir sind nicht mehr 20, hm?»

«Nein, wir sind nicht mehr 20.»

Während die beiden sich noch ein bisschen fester in die Arme schließen, gehen die Halogenscheinwerfer in den Bäumen mit einem Fade-Effekt aus. Es ist nun ganz dunkel.

Pascal hat einen Espresso bekommen. Er schüttet zwei Tütchen Zucker in die Tasse und rührt lange um. «Keine Ahnung. Ja, ich empfinde schon was für Rafa. All die Jahre war es immer schön, an sie zu denken. Aber ich bin nicht so ein Typ, der jetzt dahin kommt und sagt: ‹Ich muss da was klären, sonst kann ich nicht mehr sein.› Ich lass mich lieber treiben. Was passiert, passiert.» — «Exakt. Da gingen ganz viele Signale von Rafa aus. Dass sie nach Barcelona kommen wollte, war sehr deutlich. Aber warum? Weil sie zu mir wollte, oder doch nur, um einen besseren Job zu haben? Ich war mir da nicht so sicher.» — «Ich glaube heute noch, dass sie den ewigen Quark mit Per und Köln satt hat.»

IX

Si tu ne m'aimes pas, je t'aime;
si je t'aime, prends garde à toi!

«Wuff.»

Leise bellt Per ein zweites Mal in Initas Rücken. Die Spanierin schwenkt die Sahneschüssel prüfend hin und her. Auf Pers Bellen und Knurren reagiert sie nicht. Zwei kleine Käfer mit schwarzroter Zeichnung laufen neben ihr über die Arbeitsplatte. Sie verfolgen einander. Nach mehreren Richtungswechseln klettert das hintere über das stehen gebliebene vordere, fällt auf der anderen Seite runter auf den Rücken, dreht sich aber schnell, und beide eilen zurück zu ihrem Ausgangspunkt. Während Inita die Sahne erneut durchschlägt, stellt Per den Herd ab und geht zu ihr. Er legt die Hände links und rechts von ihr auf die Arbeitsplatte. Der Mixstab geht aus.

«Ich will dich.»

Er berührt sie, seine Hände schließen sich unterhalb der Brust um ihren Körper. Per ist ganz nah an ihrem Ohr, in dem ein Pickel glänzt. Er berührt mit den Lippen leise und flüchtig ihren Hals. Inita steht still.

«Verstehst du mich? Wir könnten uns heute Nacht treffen. Sagen wir um drei beim Schuppen draußen im Garten. Wir treffen uns dort und ficken. Bumsen, verstehst du mich? – Sex.»

Bei dem letzten Wort kommt ein heiserer Laut aus seiner Kehle. Per räuspert sich.

«*Si*, ficken, ich versteh dich.»

Inita nimmt Pers Hände eine nach der anderen und macht sich los, während sie sich umdreht. Sie schauen sich an. Per berührt ihr Haar. Inita packt sein Handgelenk und zieht es nach unten, bis die Hand wieder auf dem Vorbereitungselement liegt. Sie streckt sich zu seinem Ohr und flüstert:

«Nein, wir ficken nicht. Ich will dich nicht ficken.»

«Du machst es nur mit Pascal, wie?»

«Nein, ich ficke auch nicht Pascal.»

Wieder flüstert sie, wieder betont sie jede einzelne Silbe.

«Das glaube ich dir nicht, aber umso besser. Tu es mit mir, heute Nacht!»

«Vielleicht ein anderes Mal. Ist die Sahne ok so?»

«Ok. Wann soll das sein, ein anderes Mal? Morgen bist du weg. Oder willst du noch mal zurückkommen? Rafa fährt am Sonntagabend. Spätestens um acht.»

Per tritt einen Schritt zurück. Ein paar Mal sucht er Blickkontakt, doch sie weicht immer wieder aus.

«Komm, sag ja.»

Auf Pers Stirn haben sich Schweißperlen gesammelt.

Geistesabwesend wischt er sie mit dem Trockentuch ab. Er kratzt seinen Bauch. Seine Augen sind schmal geworden.

Per scheuert sich mit beiden Fäusten die Wangenknochen. «Wie gesagt, ich fühlte mich unwiderstehlich von ihr angezogen. Ich betrachtete sie und dachte plötzlich: Frag sie einfach, sei direkt. Wenn du bei ihr was erreichen kannst, dann nur so: ganz offensiv.» — «Gute Frage. Wenn sie wirklich Ja gesagt hätte – ich weiß nicht. Ich hätte quasi vor aller Augen Rafa betrogen.» — «Nein, ich hatte so was noch nie gemacht und hätte auch nicht gedacht, dass ich es jemals tun würde. Heute ist es mir peinlich. Ich erkenne mich selbst kaum darin wieder.» — «Rafa gegenüber war es sehr unfair. Das tut mir leid. Aber das war nicht mein eigentlicher Fehler.» — «Eher so, dass ich berechnet habe, wie lange die beiden wegbleiben würden.»

Vor dem Haus geht das Licht wieder an. Per strafft sich.

«Du könntest Eis klein machen.»

Er erklärt Inita den Crusher. Dabei bellt er ihr ein weiteres Mal leise ins Ohr.

«Vielleicht», wiederholt Inita. «Ich werde mir das überlegen. – *Perro.*»

Sie fletscht mit einem bösen Schmatzen die Zähne vor Pers Gesicht.

X

Jäher, die Nacht durchdringender Notschrei eines
ganz nahen großen Vogels

Vereinzelt ziehen kleine Wolken über den Himmel und verdunkeln zusätzlich die Nacht. Der Wald, der nicht weit von Pers Haus beginnt und sich bis zur Spitze des Hügels erstreckt, ragt als dunkle Silhouette in die Saat winziger, fern wirkender Sterne. In seinem Innern sieht man die Hand vor Augen kaum. Kichernd tasten sich Rafa und Pascal durch die Büsche vorwärts. Bei jedem ihrer Schritte brechen auf dem Waldboden verstreute Äste, beständig rauscht trockenes Laub auf.

«Was ist eigentlich eine Schwarzblende?», fragt Rafa.

«Wenn von einem Regisseur zwischen einer und einer nächsten Szene eine Schwarzblende gesetzt wird, möchte er damit meistens seinen Film strukturieren und unterteilen.» Pascal spricht mit übertriebenem Ernst. «Das Bild wird für einen Moment lang vollkommen schwarz, dann macht sich der Zuschauer auf eine neue Situation gefasst. Die vorhergehenden Bilder werden so als Einheit begriffen, nun kommt etwas Neues. Eine kurze Blende steht häufig für einen kleinen Sprung in Raum und Zeit.»

«Iiih», ist Rafa zu hören, «ich glaub, ich muss auch einen kleinen Sprung machen. Da vorn ist es ganz weich, da mag ich nicht hintreten.»

Eine Zigarette glimmt auf und beleuchtet kurz ihre vergnügten Gesichter.

«Hast du Angst? Gib mir die Hand», sagt er, «ich – au, was war das denn? Pass auf, da ist was Stacheliges.»

Rafa quietscht und lacht. Nahe bei den beiden ruft ein

Waldkauz. Pascal versucht ihn nachzumachen. Daraufhin ist der Kauz still.

«Der hat genauso wenig Humor wie Per.»

«Du kannst ganz schön bissig sein.»

«Stimmt es etwa nicht? Die grüne Granatapfelsoße hat er als persönliche Beleidigung genommen. ‹Das ist das letzte Mal, dass ich koche.›» Rafa ahmt Pers beleidigten Ton nach. «Mindestens eine halbe Stunde lang hat er kein Wort gesagt.»

«Er ist immer noch wie früher. Ich erinnere mich noch gut, wie er –»

Pascal bricht ab.

«Was?»

«Nein, das gehört nicht hierher.»

Rafa drängelt, aber Pascal gibt nicht nach. Sie necken sich und lachen fröhlich.

«Und du meinst wirklich, ich soll zu ihm ziehen? Hierher?», fragt Rafa unvermittelt.

«Wie kommst du denn darauf?»

«Beim Essen hast du es selbst gesagt», beharrt sie.

«Ich habe *gefragt*. – Ich wollte dich aus der Reserve locken. Hat nicht funktioniert.» Pascal atmet durch. «Ich habe euch ewig nicht gesehen. Und ich finde, ihr habt euch verändert. Ehrlich gesagt glaube ich, dass an eurer Beziehung etwas faul ist. Ihr habt euch voneinander entfernt, nicht nur räumlich. Per hat kein Gespür für deine Wünsche. Ihr seht euch selten, wahrscheinlich nicht mal jedes Wochenende. – Was für eine Beziehung ist das?»

Rafa nickt. Sie klingt nun ernst:

«Manchmal glaube ich, wir waren uns niemals wirklich nah. Ich habe das lange für einen Vorteil gehalten. Jetzt denke ich oft, ich sollte hierher ziehen, um wenigstens diese Distanz zu überbrücken.»

«Wie oft habt ihr Sex? Zehnmal im Jahr, fünfmal?»

Rafa lässt sich mit der Antwort Zeit. Auch die Nachtigall unterbricht ihr Lied. In die dunkle Stille dringt von fern das leise Quaken eines einzelnen Froschs.

«Weißt du, Pascal: Sex ist nicht für alle Menschen das Wichtigste im Leben. Du kannst deine Beziehung so definieren, aber nicht die von Per und mir.»

«Ich sage nur, was ich beobachte. Was ich spüre. Du bist nicht glücklich. Das spüre ich.»

Rafa wirft ihre Gitane fort.

«Glück? Oh, Pascal, manchmal glaube ich, du bist immer noch der Junge von damals. Ich führe ein gutes Leben. Ich bin zufrieden.»

«Du hörst dich echt alt an. Du bist doch noch lebendig, Rafa. Ich kann es fühlen.»

Rafa schreit spitz auf. Beide lachen.

«Lass das. – Das Problem wäre für mich, hier zu leben, ich meine: dauerhaft.»

«Das Problem ist, dass ihr keine gemeinsame Entscheidung getroffen habt. – Entschuldige, ich will mich nicht einmischen.»

«Nein», sagt Rafa. «Nicht noch weiter da rüber.»

Etwas später knirschen die Kiesel auf dem Weg. Die Bewegungsmelder haben Rafa entdeckt, und die Solar-Standleuchten gehen an. Sie macht gerade einen Riesenschritt über einen kleinen Strauch und gelangt so vollständig aus dem Wald heraus. Pascals Stimme tönt hinter ihr aus dem Dunkeln. Er schimpft, klingt dabei jedoch nach wie vor lustig. Sein rechter Arm und seine Schulter tauchen aus dem Astwerk, seine Hand schnappt nach Rafa und erwischt ihre Weste. Er zieht, Rafa widersteht zunächst und lässt sich dann mit einer theatralischen Geste so abrupt nach hinten fallen, dass sie beinah das

Gleichgewicht verliert. So verschwinden die beiden wieder im Wald. Das milde weiße Licht der Solarleuchten bescheint noch eine Zeit lang die hellen Kiesel. Ein leiser Wind trägt das vielstimmige Quaken der Frösche aus dem Tal herauf, die Nachtigall schaltet sich ein, und aus größerer Entfernung als zuvor stößt auch der Kauz sein unheimliches *Kiü-wit* wieder aus. Rafas albernes Kichern klingt gedämpfter, aber ausdauernder. «Lass doch», tuschelt Pascal.

«Aber von hier sehen wir die Sterne gar nicht», protestiert Rafa, und er erwidert: «Ach, die Sterne. Komm noch etwas weiter rein in den Wald, du stehst ja immer noch bei den ersten Bäumen.»

«Pascal! Wo bist du denn?»

Ihre Stimmen entfernen sich. Auf einmal prasselt es im Wald, viel lauter und massiver als zuvor. Rafa schreit. Pascal macht «psst».

«Pascal, ich will hier raus. Wenn das ein Wildschwein war –»

«Ja, die können gefährlich werden. Die Säue verteidigen ihre Jungen bis aufs Blut.»

«Sie heißen Sauen. – Da lang? Von da kam doch das Geräusch.»

«Das ist der kürzeste Weg zum Haus.»

«Pascal! Jetzt rennst du ja auch. Ich bekomme Angst.»

Nach kurzer Zeit kommt Rafa erneut aus dem Wald gelaufen, Pascal folgt ihr mit ein paar Schritten Abstand. Die Außenbeleuchtung bleibt aus. Ein Fenster öffnet sich. Rafa wartet vor der Tür, bis Pascal sie erreicht hat. Sie legt ihm einen Finger auf den Mund, den Pascal gleich zu küssen versucht. Die beiden atmen schwer, lachen aber schon wieder.

«Sei leise», sagt sie.

XI

Oui, tu m'entendras!
Je le veux!

Inita sitzt auf einem hohen Hocker und schaut aus dem Küchenfenster direkt in die Dunkelheit. Per kommt herein. Er reibt zwei Finger der rechten Hand aneinander, hält sie vors Auge und betrachtet sie. Etwas feucht Glänzendes klebt daran, ein Stück eines Mottenflügels. Während er sich in der Spüle die Finger abbraust, schielt er nach Initas Brust. Ohne zu fragen öffnet Per das Fenster. Draußen tönen Vogelstimmen.

«Eine Eule», sagt Per. «Oder?»

Inita nickt.

«Wieso kennst du dich so gut bei Vögeln aus? Ich dachte, du studierst Germanistik.»

«Mein Vater ist Ornithologe.»

«Hast du nicht gesagt, dass deine Eltern in Barcelona wohnen?»

«Nein.»

Inita schaut weiter aus dem Fenster. Per wischt mit dem Finger ein paar Reste aus der Sahneschüssel.

«Ich war auch mal eine Zeit lang in Barcelona. Ist schon fast zwanzig Jahre her. Vielleicht hat Pascal dir davon erzählt.»

Er lässt Wasser in die Schüssel laufen und gießt es wieder aus. Eine Zeit vergeht, in der Per reglos hinter der still auf dem Hocker verharrenden Reginita steht und gemeinsam mit ihr aus dem Fenster blickt.

«In deinem Alter schon zu promovieren, ist ungewöhnlich. Du bist sehr zielstrebig.»

«Es ist nicht ungewöhnlich. Wenn man gut ist, kann man es in dieser Zeit schaffen.»

«Erwartest du weiter gar nichts vom Leben? Ich meine Spaß, sich Ausleben und so ...»

«Spaß ist ein Fetisch deiner Generation. Ihr wollt für nichts Verantwortung übernehmen. Euer einziges Lebensziel ist es, eure Lust zu bedienen und Unlust zu vermeiden. Das ist nicht das Leben, das ist infantil.»

«Glaubst du wirklich, dass du so gut über uns Bescheid weißt?»

«Ich bin 26, und im Unterschied zu dir bin ich erwachsen.» Inita springt von ihrem Hocker und schließt das Fenster wieder. «Du hast eine Frau, *perrito*, aber du bist nicht fähig, mit ihr zu leben. Du versteckst dich vor ihr in deinem Haus. Bist du sicher, dass du sie betrügen willst?»

«Wir führen eine offene Beziehung.»

Per lässt die Schüssel noch einmal voll Wasser laufen und schwenkt sie aus.

«Nein. Euer Gefühl ist wie in einer Ehe.» Ihr Blick bekommt etwas Spöttisches. «Geh heute Nacht hinaus und warte auf mich. Vielleicht komme ich und bestrafe deine Dummheit.»

In diesem Moment öffnet sich die Haustür. Rafas Stimme ist zu hören.

«Komisch. Vorhin ging das Licht noch.»

Per hat das Kinn auf die Brust gesenkt und schaut Inita unter zusammengezogenen Brauen an.

Per verlagert sein Gewicht. «‹Offene Beziehung›, hab ich zu Inita gesagt, das stimmt. Für mich bedeutet es, dass ein Paar sich durch die Beziehung, die es hat, nicht fesseln lässt. Sich auch nicht einmauert.» — «Ehrlich gesagt haben Rafa und ich das nie so genau formuliert. Aber vom Gefühl her würde ich eher sagen: Nein. Es gibt da tatsächlich ein konservatives Element in unserer Beziehung. Oder muss ich schon sagen: ‹Es gab …›?»

Rafa und Pascal betreten die Küche. Sie wirken erhitzt, aber nicht außer Atem.

«Ihr hättet euch nicht beeilen müssen», sagt Per ironisch. «Das Parfait braucht noch eine Viertelstunde. Sieht aus, als hättet ihr eine kleine Anstrengung hinter euch.»

«Dabei», gibt Rafa zurück, «hast *du* glühende Wangen.»

«Wir unterhalten uns. Ich habe Reginita gerade erzählt, dass ich mit Pascal mal ein halbes Jahr in Spanien war. Aber sie hat es natürlich schon gewusst.»

Inita schaut schon wieder aus dem Fenster. Pascal geht zu ihr und fragt, was sie in der Dunkelheit beobachtet.

«Ich präge mir die Umgebung ein. Ich möchte mich nicht verlaufen, falls ich im Dunkeln hinausgehe …»

«Bleib halt drinnen, bis es hell ist», erwidert Pascal obenhin und wendet sich wieder Rafa zu. Per macht Inita hektisch Zeichen, still zu sein. Inita bleibt ungerührt. Schnell wendet er sich an Rafa und Pascal.

«Ihr seid spazieren gegangen, nehme ich an?»

Pers Stimme überschlägt sich.

«Die Katze deiner Nachbarn war auf der Terrasse. Sie hat es auf die Rotschwänzchen abgesehen. Sie saß direkt unter dem Nest.»

«Wenn sie darunter sitzt, so findet sie auch heraus, wie sie hineinkommt», sagt Inita.

«Du musst etwas tun, Per. Ich habe Angst, dass sie die jungen Vögel auffrisst.»

«Sie werden schon wissen, wo sie ihr Nest bauen.» Pers

Stimme ist immer noch belegt, er räuspert sich. «In der Küche waren eben Käfer. Diese Tierchen, von denen man nie weiß, was für welche es sind, obwohl sie ständig irgendwo rumkrabbeln.»

«Feuerwanzen», sagt Inita. «Ich erkannte sie.»

Alle vier schweigen. Pascal hat sich ein Glas genommen und füllt es mit Leitungswasser. Der Mischhebel lässt sich sehr weich führen. Schlagartig endet das Fließgeräusch, Stille ploppt auf. Auch die Vögel draußen schweigen. Ein Frosch gibt einen einsamen Laut von sich. Dann noch einen. Dann dringt beständiges Quaken zum Fenster herein.

Rafa: «Ich fand es zunächst harmlos. Die beiden waren ja wie Steinbilder, wie eingefroren, als wir reinkamen. Sie hatten uns nicht gehört, da bin ich sicher. Trotzdem habe ich bei Initas Anblick wieder einen Stich gespürt. Von heute aus betrachtet, muss da allerdings was gewesen sein. Ich denke mir, sie hat ihn beturtelt.» Rafa beginnt eine Schulterübung. «Ich frage mich immer wieder, ob ich etwas falsch gemacht habe. Aber was hätte ich tun sollen? Per am Stuhl festbinden?» — Sie verzieht das Gesicht. «So genau will ich das gar nicht wissen.»

XII

Da die nackte Birne blendet und nicht schön aussieht, hat man ihr Gewänder angemessen.

Der Deckenbereich des Living wirkt eher dunkel, die Wandstrahler sind nicht eingeschaltet. Den unteren Teil des Raumes leuchten drei Noce-1-Bodenlampen aus. Die

‹Nussschalen› aus Pressglas sind beweglich, man kann mit ihnen Gegenlicht erzeugen. Vor den auf die Terrasse führenden Fenstertüren ist der nackte Hirnholzboden sichtbar. Im Essbereich wird er durch einen Terrakottafliesenboden abgelöst. Der große Raum ist spärlich möbliert, im vorderen Teil auf den Fliesen steht ein großer Tisch mit acht Stühlen. Auf dem Tischtuch liegen Birnenschalen und -laub verstreut, dazwischen Zimtstangen und blaustichige Polaroids eines Zuckerrohrfeldes. Inita und Rafa sitzen sich gegenüber; Rafa ist eindeutig den Männern zugewandt. Diese spielen mit ein paar Münzen, die sie abwechselnd über den Tisch schnippen, eine Art Tischfußball. Pascal berichtet währenddessen, was er am Nachmittag erlebt hat.

«Wir fahren friedlich die Landstraße entlang, die Sonne scheint aufs Autodach, wir denken an nichts Böses. Und plötzlich, wie aus dem Nichts, glotzt ein riesiges Auge durch die Windschutzscheibe, pure Bosheit im Blick. Gewaltige gelbe Zähne in einem weit aufgerissenen sabbernden Maul und prustende Nüstern, aus denen Funken zu sprühen scheinen. Jeden Moment kann der Gaul auf die Motorhaube springen oder durch das heruntergelassene Seitenfenster in deine Schulter beißen. Und hinter ihm sind noch mehr von der Sorte. – So was ist mir bis heute nicht mal im Traum passiert.»

«Tor», ruft Per.

«Pferde stehen für sexuelle Potenz», sagt Rafa heiter. «Wenn du von ihnen träumst –»

«Üppige Mähnen und lange Schwänze, was? Nur dass diese Gäule ganz real waren. Hat das Auswirkungen auf ihren Symbolgehalt?»

Pascal schießt. Rafas Lächeln hat sich verloren. Sie wirft Pascal einen verletzten Blick zu. Dieser legt seine

Hände vor der Brust aneinander und verbeugt sich demütig.

«Pass auf, gleich schieß ich dir noch mal einen rein.» Per scheint ins Spiel versunken. «Die Hengste springen oft über die Zäune», knüpft er dann doch ans Gespräch an. «Wenn sie willige Stuten wittern, sind sie nicht mehr zu halten.»

Rafa schaut Inita an. Inita starrt auf ihren Teller. Sie hat den Dessertlöffel in die Hand genommen und fährt damit auf dem Porzellan herum, als wühlte sie in irgendwelchen Sachen. Pascal schaut Rafa an. Als ihre Blicke sich treffen, lachen sie los. Per wird rot. Rafa schiebt ihm ihr leeres Glas hin, er schiebt es zurück.

«Schenk dir selbst ein.»

Pascal hat geschossen und ruft «ha».

«Ihr seid Idioten», mault Per. «Meine Bemerkung war sachlich, oder? – Reginita!» Da die Angesprochene nicht reagiert, fährt er fort: «Die Besitzer sind oft nur an den Wochenenden da. Sie kümmern sich nicht um die Pferde. Es bleibt den Bauern überlassen, ob sie die Tiere einfangen.»

«Und, hilfst du mit?»

«Per mit einem Pferd? Du machst Witze, Pasc.»

Ihr Ton ist forsch, aber Rafas Stimme klingt nicht wirklich lustig.

«Diese Bauern», fährt Per unbeirrt fort, «leben praktisch noch in der Steinzeit. Nachbarschaftshilfe und Tauschhandel. Ich lasse mir von meinem Nachbarn gerade eine Pergola schweißen. Dafür werde ich ihm ein schönes Panoramafenster in sein hässliches Wohnzimmer planen.»

«Damit er seine Kühe besser sieht?»

Per zuckt die Achseln.

«Sie wollen sich von ihrem eigenen Elend ablenken. Der Mann leidet an irgendeiner Nervenkrankheit und kann kaum noch arbeiten. Ich habe ihm gesagt, er soll sich berufsunfähig schreiben lassen und die Landwirtschaft aufgeben, aber er winkt nur ab. Seine Frau hat Depressionen. Sie sitzt tagelang in einem verdunkelten Zimmer. Dann haben sie diesen Jungen ...»

«Den kleinen Idioten, der so selbstmörderisch Rad fährt?»

«Genau. Sie wissen nicht, ob er behindert ist. Wahrscheinlich könnte er mit entsprechender Förderung einen Schulabschluss schaffen. Aber er bekommt keine Förderung. So was gibt's hier nicht, sagen sie. Fertig.»

«Schrecklich, diese Schicksalsergebenheit.» Rafa nimmt den letzen Schluck aus ihrem Glas. «Als könnte man nichts tun außer beten.»

«Und damit das Elend kein Ende nimmt, machen sie diese Kinder. Bestimmt haben sie noch mehr.»

«Zwei ältere.» Per nickt Pascal zustimmend zu. «Die scheinen normal zu sein. Sie sind beide nicht mehr zu Hause.»

«Und haben bestimmt selbst Kinder oder kriegen bald welche. Als könnte man nichts dagegen tun.»

Inita schaut in die Runde.

«Ihr redet darüber wie über eine Krankheit.»

Sie lachen.

«Kinderkriegen *ist* eine Krankheit», ruft Per. «Wisst ihr noch, wie Rebecca damals schwanger wurde? Sie wollte unbedingt ihr Kind behalten.»

«Ja», ergänzt Rafa, «und alles kam, wie wir es ihr vorhergesagt hatten: Sie hat nicht zu Ende studiert und angefangen, im Kaufhaus zu arbeiten. Dort hat sie sich den Rücken kaputt gemacht und zu Hause die Nerven. Ihre

Tochter ist neurotisch geworden. Als ich sie vor ein paar Jahren wiedersah, war Rebecca ein Wrack. Und es war kein Wort mehr mit ihr zu reden.»

«Rebecca», sagt Pascal versonnen.

«Stimmt ja, mit der hast du sogar mal was gehabt.»

«Vielleicht ist das Kind von ihm.»

Pascal wirft Per einen abschätzigen Blick zu.

«Ganz sicher nicht. Ich weiß, wie man so was verhindert. Im Unterschied zu ein paar anderen, die –»

«Ist ja gut.»

Per ist ihm etwas zu laut ins Wort gefallen. Pascal schweigt. Er schenkt sich den letzten Wein ein. Dass Rafa ebenfalls nach der Flasche greifen wollte, hat er übersehen. Er nimmt einen großen Schluck und beschwert sich bei Per, weil der aufgehört hat zu spielen. Per winkt ab. Er angelt unter dem Tisch nach seinen Birkenstockschlappen. Rafa dreht versunken ihr leeres Glas zwischen den Fingern. Pascal nimmt nun ein Stück Zimt vom Tisch und wirft es in Initas Teller. Die Spanierin schaut hoch.

«Du hast doch auch mal ein Pferd gehabt.» Inita schaut ihn drohend an. Er duckt sich theatralisch hinter seine Hände. «Und du, Rafa, hattest sogar noch Pferdeposter in deinem Zimmer, als ich dich kennen lernte.»

Rafa reagiert sofort.

«Und du hast als Student noch mit deiner Carrera-Bahn gespielt.»

«Das tu ich bis heute», strahlt Pascal. «Was ist dabei? Was ist denn plötzlich mit euch los?»

«Rafa denkt darüber nach, dass sie keine Kinder mehr bekommen wird.» Inita hat das Zimtstück genommen und zerbröselt es langsam zwischen den Fingern. «Per dagegen fragt sich, ob er alle Lampen vor dem Haus, die auf Bewegung reagieren, totgemacht hat.»

Per wirft ihr einen panischen Blick zu.

«Und ich?», fragt Pascal.

«Du bist dir nicht sicher, ob du wirklich immer alle Vorsichtsmaßnahmen ergriffen hast, Pascal.»

Reginita lächelt. Sie erträgt es ungerührt, dass Per sich über ihren Sprachgebrauch lustig macht, während Rafa Pascal unverblümt fragt, wo er seine Begleiterin eigentlich aufgelesen habe. Eine lange Gesprächspause entsteht. Endlich steht Per auf, um Wein zu holen.

«Warum rennt er jetzt weg? Ist er beleidigt?»

Pascal schnippt sinnlos ein letztes Mal Münzen über den Tisch. Einen Moment lang sieht es aus, als wollte er etwas zu Inita sagen. Sie hat sich zurückgelehnt und die Arme vor der Brust verschränkt. Das Licht wird plötzlich dunkler.

«Spannungsschwankungen», erklärt Rafa. «Wir sind hier ganz am Ende des Netzes.»

Das Licht wird wieder hell. Pascal steht auf. Über den Tisch gebeugt, sammelt er die Münzen ein.

«Ich schau mal, was Per so im Keller hat», sagt er im Gehen.

XIII

Ich danke Euch für geleistete Gesellschaft; aber
meiner Treu, ich wäre ebenso gern allein gewesen.

Es ist so still geworden, dass man die Deckentrafos sirren hört. Rafa angelt sich ein Stück Birnenschale vom Tisch und reißt es langsam in kleine Stücke. Unvermittelt schiebt sie Inita ihr Dessert hin.

«Du hast bestimmt noch Appetit.»

Inita schaut sie überrascht an.

«Danke, es hat sehr gut geschmeckt, aber nun bin ich gesättigt.»

Ungerührt schiebt Rafa auch ihren unbenutzten Löffel neben den Teller.

«Wir hatten noch gar keine Gelegenheit, uns über deine Promotion zu unterhalten. Alle Achtung, übrigens, dass du in deinem Alter schon so weit bist. Was ist dein Thema?»

«Mikrosoziale Dissoziationsprozesse im Familienroman der Goethezeit», sagt Inita. «In wenigen Wochen werde ich abgeschlossen haben.»

«Bewundernswert. Ich beherrsche keine Fremdsprache so gut, dass ich in ihr promovieren könnte. Wie bist du darauf gekommen, ausgerechnet Deutsch zu lernen?»

«Das Deutsche ist eine der großen Sprachen Europas, die sich im Unterschied zu den romanischen Sprachen wenig entwickelt hat. Diesem Manko zum Trotz bedeutet die klassische Epoche der deutschen Literatur eine Blütezeit für den europäischen Roman. Auch in der Lyrik und im Drama gibt es bedeutende Beispiele. Das hat mich interessiert.»

«Du hältst das Deutsche für veraltet?»

«Es ist sehr konservativ. Wie im Lateinischen gibt es drei Geschlechter und viele Fälle. Die romanischen Sprachen sind gegenüber dem Latein einfacher geworden. Das Deutsche ist kompliziert geblieben. Wie seine Sprecher.»

«Es gibt Anzeichen dafür, dass sich das Deutsche am Übergang von einer synthetischen zu einer analytischen Sprache befindet.»

Rafa schaut ihr Gegenüber erwartungsvoll an. Inita

zieht die Bluse straff. Von ihren Brustwarzen sind leichte Wölbungen im Stoff zu sehen.

«Meiner Thesis zufolge kann das nicht passieren, solange sich nicht auch die Gruppe der Sprecher verändert. Aber das wird jetzt zu weit führen.»

«Es führt ja auch von deiner Kernkompetenz, der deutschen Literatur, weg.»

«Nein.»

«Ich wünschte mir, ich hätte mehr Zeit zum Lesen. Es gibt so großartige Texte. Warum müssen sie nur immer so lang sein?»

Rafa sammelt mechanisch Birnenschalen und -laub vom Tisch und macht damit zwei kleine Häufchen. Sie blickt zur Tür und weiter zu den Fenstern und zur Terrassentür. Initas Augen folgen ihrem Blick. Rafa setzt neu an.

«Pascal gefällt dir, hm? Ich finde, ihr passt ganz hervorragend zusammen. Wenn ich euch beide sehe, denke ich immer, ihr wärt ein Paar.»

«Ja, das kann man denken.»

Die Frauen schauen sich an.

«Ich kenne Pascal schon sehr lange. Er war immer ein kleiner Casanova oder ein Don Juan.» Rafa spricht das J aus wie bei ‹Journal›. «Er hat es bei jeder versucht, die ihm nur halbwegs gefallen hat. Aber er ist bei keiner geblieben.»

«Du willst wissen, ob wir uns ficken», sagt Inita ungerührt. «Doch das –»

«Neinnein. Wie ich heute Nachmittag schon sagte, das geht mich nichts an. Ich wollte dir nur erzählen –, aber sicher hat er sich geändert.»

«Sprich!»

Über Initas Gesicht huscht ein Hauch von Interesse.

«Nicht dass ich Pascal schlecht machen möchte. Er ist ein guter Freund von mir. Ich finde nur, du solltest wissen, dass er manchmal etwas komisch ist. Ich meine, er hat sich nicht immer unter Kontrolle. Jedenfalls früher nicht. Eine seiner Freundinnen soll einmal fast ertrunken sein. Sie hatten Streit, und so …»

Um Initas Mund liegt ein kaum merkliches Lächeln.

«Es hieß immer, dass Pascal absichtlich gewartet hat, bis sie fast ertrunken war», fährt Rafa fort.

«In seinem Haus in den Hügeln vor Barcelona gibt es ein Zimmer, das niemand betreten darf.»

Auf diese Bemerkung Initas hin nickt Rafa eifrig.

«Ist das nicht unheimlich? Heutzutage, wo die Leute im Netz von ihrem Kontostand bis zu den Ursachen ihrer Neurosen alles offen legen –. Jedenfalls war ich ab einer bestimmten Grenze Pascal gegenüber immer sehr vorsichtig. Aber versteh mich nicht falsch.»

«Ich versteh dich nicht falsch.»

Initas Lächeln wird breiter. Rafa bemerkt es nicht.

«Ich meine: Ihr harmoniert wunderbar. Außerdem bist du selbstbewusst und hast Pascal etwas entgegenzusetzen.»

«Ich habe einen festen Charakter», lobt die Spanierin sich selbst. «Deshalb bin ich auch jetzt nicht verunsichert oder eingeschüchtert.»

«Eigentlich ist Pascal so wie alle Männer.»

Inita nickt.

«Alle Männer sind dieselben, eh? Vielleicht bist du deshalb eifersüchtig auf Pascal. Du verwechselst ihn mit deinem Mann. Eh?»

Rafa schenkt sich Wasser nach. «Inita hat ihr Parfait doch geradezu verschlungen, ich dachte, sie mag bestimmt noch eins.» — «Ich habe mich öfters gefragt, warum sie Pascal begleitet hat. Man musste ihr ja förmlich die Würmer aus der Nase ziehen. War es ihr vielleicht zu blöd, was ich geredet habe? Konnte sie mich nicht leiden? Wahrscheinlich war das der Punkt. Unsere wechselseitige Abneigung.» — Sie trinkt. «Nein, mit Pascals Anspielung auf die Pferdeposter hatte es nichts zu tun, obwohl ich zugebe, dass mir das peinlich war. Ich hatte übrigens gar nicht den Eindruck, Inita ein Schauermärchen zu erzählen. Und der Samstag hat ja dann gezeigt, dass man mit Pascal tatsächlich vorsichtig sein muss.»

XIV

Nothing I think or believe in or say
Nothing is true.

Auf dem Tisch stehen vier weitere Flaschen Rotwein, eine davon geöffnet und zur Hälfte leer. Daneben ein spezieller Korkenzieher. Anstelle der üblichen Spindel weist er zwei unterschiedlich lange, bläuliche Stahlfedern auf. Zwischen ihnen eingeklemmt sitzt ein am unteren Ende dunkel verfärbter Korken.

Per, der eben eingeschenkt hat, nimmt sein Glas und prostet den beiden Frauen zu. Rafa und er nehmen je einen großen Schluck aus ihrem Glas, Inita nippt bloß.

«Pascal hat sich wohl schon hingelegt?»

Er nimmt gleich noch einen Schluck, diesmal verkostet er leise schmatzend den Wein.

«Pasc wollte zu dir in den Keller.»

«Ich hab doch gar keinen Keller.» Per denkt nach. «Er wird sich hingelegt haben, weil er betrunken war.»

«Pascal geht niemals früh zu Bett», bemerkt Inita. «Er war auch nicht betrunken. Nicht so wie du.»

«Mir geht es hervorragend.»

Er nimmt einen weiteren Schluck. Rafa hat sich eine der Flaschen geangelt und stiert eine ganze Weile auf das Etikett.

«Den haben wir doch mal zusammen gekauft», murmelt sie schließlich. «Der war utopisch teuer. Wir wollten ihn zu einer besonderen Gelegenheit trinken.»

«Wir feiern immerhin das Wiedersehen mit Pascal und dass wir Reginita kennen gelernt haben.»

Rafa hebt ihr Glas, es gelingt ihr aber nicht, Per oder Inita zielgerichtet anzuschauen. Ohne getrunken zu haben und etwas zu fest stellt sie das Glas zurück auf den Tisch. Per toastet.

«Auf Reginita. Ich danke dir, dass du mein Essen nicht schlecht gemacht hast, obwohl es das verdient hätte.»

Inita nimmt ihr Glas. Sie stoßen an. Per hat sich auf den Tisch gestützt und zeigt Rafa mehr oder weniger den Rücken.

«Dein Wein ist auch etwas Besonderes, *perrito*. Französischer Wein, der beste auf der Welt.»

Rafa lacht leicht verzögert auf. «*Perdito*», echot sie.

«Oh, ich bin überzeugt, dass es auch in Spanien ganz hervorragende –», stammelt Per.

«Ja, das ist wahr, aber um zu Frankreich aufzuschließen, werden wir noch viele Jahre brauchen.»

«Mein Freund hat einen guten Geschmack», fällt Rafa ein. «In seinem Lebensstil verbinden sich auf ungewöhnliche Weise moderne mit traditionellen Komponenten. Das ist die Zukunft, der Weg, den die Gesellschaft insgesamt nehmen wird.»

«Inita hat bei der Vorbereitung des Desserts sehr scharfsichtig die gesellschaftlichen Tendenzen und Trends analysiert. Du solltest für Rafa noch mal wiederholen, wie –»

Er wird von einem spitzen Schrei unterbrochen und schreit selbst auf, weil Rafa ihm ihre naturfarbenen French-Look-Tips in den Unterarm geschlagen hat.

«Was ist das, Per?» Sie zeigt zur Terrassentür. Dort steht ein Wiesel auf dem dunklen Hirnholzboden und hebt witternd die Schnauze. Die kleinen, schwarz glänzenden Augen verleihen seinem Gesicht etwas Pfiffiges.

«Sehe ich das oder bilde ich es mir ein? Per, ist da ein Tier?»

Per schiebt den Stuhl nach hinten. Von dem Schaben erschreckt, springt das kleine Tier im Moment zu Tür raus.

«Ich habe nichts gesehen.»

«Da war doch ein Tier. So ein Marder oder so was. Inita!»

«Ich konnte ebenfalls nichts erkennen.»

Rafa schaut nun Per an. Sie wirkt wieder wacher.

«Du hast Halluzinationen.»

«Oder du», fährt Rafa auf.

«Von einer Halluzination spricht man, wenn jemand etwas sieht, das tatsächlich gar nicht da ist. Nicht umgekehrt.»

Inita schaltet sich ein.

«Nach meiner Auffassung kann es ebenso gut eine Halluzination sein, etwas nicht zu sehen.»

Per nimmt eine Polaroidkamera von dem Stuhl am Kopfende. Er macht schnell ein Bild, zieht es mit einem Ruck aus dem Schlitz des Fotoapparats und wedelt damit.

«Wir werden ja gleich sehen, ob da etwas ist.»

«Aber es ist längst verschwunden. Mach lieber die Tür zu.»

Rafa schenkt sich nach. Sie hält die Flasche Inita hin, die mit einer Handbewegung ablehnt.

«Wenn du ein Foto machst, weißt du nur, wie dein Zimmer fotografiert aussieht. Über das Zimmer weißt du deshalb nicht mehr als vorher.»

«Du willst doch nicht behaupten, dass ich von den Möbeln, die hier gerade sichtbar werden, anhand des Fotos noch nicht sagen könnte, dass sie tatsächlich im Living stehen.»

«Doch.»

«Du willst mich auf den Arm nehmen.»

Per klingt misstrauisch. Er betrachtet das mittlerweile voll entwickelte Foto und zeigt es auch der Spanierin.

«Also ich sehe die Welt so. Völlige Übereinstimmung, bis auf ein paar Farbnuancen vielleicht.»

«Sicher, *perrito*.» Inita klingt leutselig. «So siehst du die Welt.»

Per dreht sein Glas am Stiel. Der Wein schwappt an den Rändern hoch.

«Sie schmunzelt. Sie will mich hochnehmen.»

Er hat vor sich hin gemurmelt. Rafa, die während der Unterhaltung immer apathischer geworden ist, ruckt mit dem Kopf hoch, als fühlte sie sich angesprochen.

«Ich gehe vielleicht mit Pasc nach Barcelona.»

In Reginitas Augen glimmen Lichter auf. Per trinkt sein Glas aus. Er wendet sich Rafa zu.

«Was redest du da? Habe ich das gehört, oder bilde ich es mir nur ein?»

«Pascal hat mir angeboten, in seiner Firma zu arbeiten.» Sie spricht immer noch wie zu sich selbst. «Ich kann zum nächsten Ersten bei ihm anfangen.»

Per sitzt starr da.

«Und das –, ich meine, was, warum besprichst du das nicht mit mir?»

«Wenn du meinst, kannst du ja mitkommen.»

Inita sagt: «Per wird nur gehen, wenn er sein Haus mitnehmen kann.»

Rafa prustet los.

«Was hast du?»

«Nichts, nichts.» Sie lacht immer noch. «Ich stell mir ... nur ... gerade vor, wie Per ...»

Der Lachanfall erstickt ihre Stimme. Per schaut böse lauernd aufs Sofa, Inita spielt mit einer Haarsträhne.

«... mit dem Haus ... Haus auf dem Rücken ...»

Jetzt giggelt auch Inita los.

«Wie eine Schnecke», wiehert sie, und Rafa, heftig abwinkend: «Pfffffft, wie eine Schnecke, ja, hohohahahaha.»

Nach wie vor regt Per sich nicht.

«Wenn du nach Barcelona gehst, dann hast du mich gesehen. Das kannst du nicht mit mir machen», zischt er. «Nach all den Jahren. Niemals. Und wenn ich dich prügeln müsste.»

Er nimmt einen Dessertlöffel und schneidet hektisch mit dem Griff an der Tischkante rum.

Per zieht den Bund seines T-Shirts hoch und steckt sein Kinn hinein. «Also geschockt ... nein. Ich war überrascht oder überrumpelt. Ich dachte: ‹Aha, Rafa will nach Barcelona gehen, so ist das.›» — «Neinnein, es war kein Schock in dem Sinne. Ich habe erst mal gar nichts gespürt, also keinen Schmerz oder keine Verletzung. Ich habe es nur registriert. Gut, ich war ein bisschen betrunken.» — «Stimmt, ich habe schon die richtige Frage gestellt. Ich fühlte mich – und völlig zu Recht – von Rafa übergangen. Sie hätte das mit mir besprechen müssen. Genau das verletzt mich ja auch, dass sie mich übergangen hat. – Was? Neinneinnein, von Prügeln habe ich mit Sicherheit nichts gesagt. Das habe ich nicht nötig. Hat sie das behauptet?» — «Was weiß ich. Kann schon sein, dass sie immer noch dahin will. Sie spricht ja nicht mit mir.» — «Ja, es fällt mir schwer, das auszuhalten. Jedem würde das schwer fallen. Aber was soll ich tun? Ich will ja, dass sie zurückkommt. – Jetzt brauch ich erst mal eine Pause.» Er geht aus dem Bild.

XV

Das system 20 steht für die Befreiung von Normen.

Im hinteren Teil des Living wurden die Strahler angeschaltet. An den weiß verputzten Wänden wirkt ihr schmal streuendes Licht, als stützte es die hohe Decke. Die Schattenzonen dazwischen verweben sich mit dem Dämmer im Bodenbereich; die Noce-1-Lampen sind ausgeknipst, ebenso die Lampe über dem abgeräumten Esstisch. Inita sitzt dort im Halbdunkel. Per hat einen Stuhl an die Grenzlinie zwischen Terrakotta- und Holzboden geschoben. Dort sitzt er frei und hält ein Skizzenbuch auf dem Schoß, in das er angespannt zeichnet. Pascal lümmelt sich auf dem kantigen, mit schwarzem Leder bezogenen PU-Sofa vor der Giebelwand. Rafa liegt neben ihm, den Kopf auf der Sofalehne, ihre Beine locker über seine gelegt. Auf dem Rietveld-Tischchen vor ihnen stehen eine Whiskeyflasche und zwei Tumbler. Rafa spielt mit einem Polaroid. Pascal greift nach dem Foto, sie zieht es schnell weg.

«Lass, das sieht scheiße aus.»

Per blickt auf, auch Inita schaut zu Rafa rüber.

«Oh, du hast es angeschaut», sagt er gepresst.

Pascal trinkt einen Schluck von seinem Whiskey. Er vermeidet es, jemanden anzusehen. Rafa richtet sich halb auf und legt den Arm um seine Schultern.

«*Du* würdest das niemals tun.»

«Was?»

«Mich ungefragt knipsen. Mir dein Blitzlicht in die Augen schießen.»

«Oh nein.»

Pascal klingt unsicher. Als sie ihn mit ihrer freien Hand zu streicheln beginnt, wirft er Per einen fragenden Blick zu. Der sieht nicht hin. Er konzentriert sich auf sein Skizzenbuch.

«Pascal Flash Gordon.» Per betont jedes Wort. «Du nimmst sie mit in deine Galaxie, hm?»

Pascal wendet sich an Rafa: «Hast du ihm schon was erzählt? Das war doch noch gar nicht –»

«Das provoziert mich nicht.»

«Sie wird nicht gehen. Sie hat Angst vor Pascal», wirft Reginita ein. Niemand reagiert.

«Du hast recht, Pascal.» Rafa nimmt die Beine runter und setzt sich aufrecht neben ihren Freund. «Wir besprechen das in Ruhe. Ich könnte am Montag einen halben Tag freinehmen.»

«Gute Idee. Montag.»

Per sieht von seinem Block auf.

«Ich denke, du hast so viel zu tun?»

«Hab ich auch. Aber wenn ich –»

«Du musst dich nicht rechtfertigen.» Der Stift entfährt ihm und streicht schmerzhaft über die Seite. «Tu einfach, wonach dir ist.»

«Das möchtest du wohl.»

«Das hat Rafa schon immer getan.» Inita sitzt nach wie vor im Halbdunkel am Esstisch, doch ihre Stimme klingt überklar durchs Living. «Pascal erzählte mir, wie sie dich kennen gelernt hat …»

«Ich weiß, ich weiß.» Pers Stimme gewinnt immer mehr Leichtigkeit. «Wenn Pascal damals nicht nach Marokko gegangen wäre, um in der Wüste zu fasten, wäre sie jetzt wohl mit *ihm* zusammen. Seine plötzliche Hinwendung zur Esoterik war so was wie ein Sechser im Lotto für mich. Habe ich recht?»

Erwartungsvoll schaut er Rafa an. Durch die Stille kratzen weiter seine Striche.

«Was willst du?»

Er antwortet nicht gleich. Sie dreht ihr Glas in der Hand.

«Naja. Stell dir vor, Pascals Bruder hätte seinen Unfall überlebt. Oder anstelle deines Vaters wäre damals, sagen wir, meine Mutter in Vancouver gestorben. Nicht Pascal wäre weggegangen, sondern ich. Ich finde es nicht unwahrscheinlich, dass du mit ihm zusammengekommen wärst. Letztlich ist es Zufall, dass wir ein Paar wurden.»

Per klappt das Skizzenbuch zu, lediglich den Zeigefinger lässt er zwischen den Seiten. Rafas Wangen haben sich gerötet. Ihre Müdigkeit ist vollständig verflogen. Sie lässt ein paar Sekunden verstreichen, dann holt sie tief Luft und erwidert:

«Denkst du das wirklich? Ist allein der Zufall schuld, dass wir zusammen sind?»

«Jedenfalls wissen wir nicht genug über die Bedingungen unseres Zusammenseins, um zu behaupten, dass es nicht auf einem Zufall beruht.»

«Hast du das schon immer gedacht?»

Inita hat sich so weit herübergebeugt, dass ein Streifen Licht auf ihr Gesicht fällt. Sie spricht in gewohnt sachlichem Ton: «Ein elementarer Zufallsprozess hat zwei Alternativen. Für jede von ihnen liegt die Wahrscheinlichkeit bei 0,5. Wenn man eine Münze wirft, so landet sie entweder auf dem Kopf oder auf der Zahl.»

«Wie hoch ist die Wahrscheinlichkeit, dass sie hochkant stehen bleibt?»

«Wenn du wirfst, Pasquale, liegt diese Wahrscheinlichkeit bei 10:1. Probier es aus. Man muss immer alles ausprobieren.»

Pascal ist schon während Reginitas Erwiderung aufgestanden. Nun schlendert er mit dem Glas in der Hand durchs Living wie ein Vernissagen-Besucher. Auch Inita hat sich erhoben. Bevor sie grußlos den Raum verlässt, zischt sie Rafa noch zu: «Pascal wird dich niemals mit nach Barcelona nehmen.»

Rafa schaut verloren vor sich hin. Anscheinend hat sie Initas Worte gar nicht wahrgenommen. Eine Zeit lang ist nichts zu hören als das Summen der Transformatoren.

«Hombre, hat die eine scharfe Zunge.» Pascal kichert. «Komm, trink einen Schluck von meinem hervorragenden Malt, Per.»

«Der ist nur zweite Wahl.»

«Ist er nicht.»

«Wenn du einen wirklich guten –»

«Moment noch mal.» Auch Rafa steht jetzt. Auch sie hält ihr Glas in der Hand, ein bisschen schräg. «Willst du wirklich sagen, dass unsere Beziehung keine andere Grundlage als den Zufall hat?»

Per ist zum Tisch gegangen. Er findet sein Weinglas nicht, deshalb trinkt er aus der Flasche.

«Alles, was ich sagen will, ist, dass du heute genauso

gut mit Pascal zusammen sein könntest wie mit mir. Theoretisch. Ist das so fern liegend?»

«Demnach könnte sich ja morgen wieder alles ändern.»

«Wie?»

«Wenn es keine Notwendigkeit gibt oder wenn wir ihre Bedingungen nicht kennen, kannst du doch nicht ausschließen, dass – zum Beispiel – Pascal und ich morgen ein Paar sein könnten.»

«Oder wir fangen einfach noch mal von vorn an. Ich gewinne keine Reise –»

«Sei still, Pascal», zischt Rafa.

Per scheint nur noch mit Mühe zu folgen.

«Ja», sagt er schließlich. «Theoretisch ja.»

Rafa macht eine Dreivierteldrehung aus dem Stand und ohne ins Schwanken zu kommen. Sie steht nun frontal und recht dicht vor Per.

«Ok», sagt sie. «Wir werden sehen.» Laut: «Ist dir eigentlich klar, was das über deine Gefühle für mich aussagt? Das heißt doch wohl, dass ich dir völlig egal bin. Es heißt, dass ich die ganzen Jahre über mit *irgendwem* zusammen war. Es hätte jeder andere sein können. Es hätte vor allem je-*de* andere sein können. Wenn zufällig Manu oder Annika zur Stelle gewesen wären – auch gut.»

«Du hast Conny vergessen.»

«Schuft!»

«Das ist ja lieb.»

«Arsch!»

«Das ist grob!»

«Blödmann.»

«Ich bin einer von Gottes Fehlern, wie? Sicher denkst du an mich, wenn du diesen Song hörst.» Per nimmt noch einen Schluck. «Liebe ist kein Schicksal. Es wird nicht von oben bestimmt, wen wir lieben, sondern es bleibt uns überlassen. Mehr wollte ich gar nicht sagen.»

«Aber du sagst damit gleichzeitig, dass du mich nicht liebst. Nie geliebt hast.»

«Nö. Tu ich nicht.» Per hat sich mit einer ungelenken Drehung wieder auf seinen Stuhl fallen lassen. Er sitzt vornübergebeugt und starrt angestrengt das Parkett an. «Ich wette, dass ihr damals ein Verhältnis hattet.»

«Ich habe heute Nachmittag schon gesagt: Dass ich einmal im Leben mit Pascal geknutscht habe, musst du mir nicht zwanzig Jahre lang aufs Brot schmieren.»

Rafa hält ihr Glas so schräg, dass der Whiskey rauszulaufen droht. Pascal nimmt es ihr aus der Hand. Er lächelt still.

«Du hast dich auf Pascal gefreut wie ein junger Hund auf sein Herrchen. Das ist keine zwanzig Jahre her.» Per versucht aufzustehen, lässt sich aber gleich wieder auf den Stuhl zurückfallen. «Ich will deine Gefühle in keiner Weise verletzen. Trotzdem habe ich recht. – Ich bin doch nicht blöd. Ich glaube, du hast etwas völlig anderes verstanden, als ich sagen wollte.»

Das Skizzenbuch liegt zwischen seinen Beinen. Er bückt sich danach. Eine ganze Weile sucht er vergeblich den Zeichenstift. Dann lässt er das Buch zurück auf den Boden fallen. Ein paar lose Zettel rutschen raus. Rafa ist zum Tisch gegangen und stapelt wütend alles, was noch da ist, auf ein Tablett. Hilfe suchend wendet Per sich an Pascal.

«Hab ich etwa Schwachsinn geredet?»

«Genau genommen nicht», erwidert sein Freund.

Pascal winkt die Bedienung heran. «Mit Per war es von Anfang an komisch, nicht mehr so wie früher. Vielleicht lag's auch an mir.» Er lacht. — «Inita war in etwa so gesprächig wie ein Sack Stroh. Sie hätte ebenso gut daheim bleiben können, was sie ursprünglich ja auch gewollt hat. – Zahlen, bitte.» — «Nur im Nachhinein betrachtet. Jedenfalls habe ich mir kein Bild davon gemacht, wie schräg Per tatsächlich drauf ist. Er hätte ja jede mögliche Katastrophe heraufbeschworen. Alles immer einhundert Prozent, das ist sein Problem. Wenn nicht alles glatt läuft, ist es gleich der Untergang. Und umgekehrt: Wenn ihm mal was glückt, soll es in alle Ewigkeit so weitergehen. Deshalb ist er auch ein Typ für die Ehe.» Er überlegt kurz. «Nicht liebesfähig, aber ehefähig.» — «Was denn sonst? Sie haben keinen Trauschein, bueno. Was heißt das schon.»

Rafa wischt mit einem Tempo das Kondenswasser von der Flasche. – «Ich hab mich nicht auf Pascals Schoß gesetzt, um zu provozieren. Das ist gar nicht meine Art. Es war eine spontane Regung, ich hatte einfach Lust, es zu tun. Genau genommen, habe ich ja auch nur meine Beine auf seinen Schoß gelegt. Klar, wenn ich geahnt hätte, wie Per drauf ist, hätte ich mich mehr zurückgehalten.» — «Dass Per so ruhig geblieben ist, war schon komisch. Er regt sich eigentlich leicht auf. Alkohol kann dabei eine Rolle gespielt haben.» — «Exakt. Ich glaube auch, dass ihm gar nicht klar war, was er da redet. Nur leider wurde es dadurch nicht weniger verletzend.» — «Noch keine. Ich treffe meine Entscheidung erst, wenn sich das alles gesetzt hat. Schon komisch, dass ein einziger Abend das halbe Leben infrage stellen kann.» Sie schüttelt nachdenklich den Kopf. — «Inita und Pascal, meinst du. Von heute aus betrachtet würde ich sagen: Ja, sie hatten was miteinander. Keine feste Beziehung, eher ein Verhältnis. Anders wäre doch kaum zu erklären, dass Inita mir gegenüber so feindselig war. Pascal hätte es gern verheimlicht, glaube ich. Er wollte uns beide haben. Das macht mich heute noch traurig. Einfach nur traurig.» Sie schlägt die Hände vors Gesicht. — «Wieso? Ich denke, dass er sich in Initas Begleitung sicherer gefühlt hat. Er konnte ja genauso wenig wie wir wissen, was ihn erwartet, ob wir uns verändert haben und so.»

XVI

So still wars, daß er das wühlende Arbeiten emsiger Tiere unter der Erde vernehmen konnte, denen Tag und Nacht gleich sind.

Rafa steht auf der Terrasse. Sie schnippt eine Zigarettenkippe mit dem Fuß zwischen die Bodenlatten. Das Licht der Gartenleuchte fällt so, dass der lehmige, mit kleinen Steinen durchsetzte Untergrund durch die Ritzen des Belags schimmert. Rafa bläst Rauch in den klaren Nachthimmel. Den Hügel herauf, aus dem Nebel über dem Bachgrund, klingt das Schlagen einer Nachtigall. Rafa geht in den Garten. Mit ihren dunklen Kleidern ist sie kaum zu sehen. Sie zieht eine Plastikplane unter einem Strauch hervor und deckt ein Beet ab. Anschließend beschwert sie die Plane mit Steinen. Ab und zu ist ihre unmutige Stimme zu hören. Als sie auf die Terrasse zurückkehrt, hat sie einen abgefressenen Blumenstock in der Hand.

An der Giebelseite des Hauses beleuchtet ein Halogenscheinwerfer ein kleines Halbrund neu gepflanzter Sträucher. Sie haben wenige, kahle Äste; das Licht durchdringt sie an zahllosen Stellen und gibt dem hier schon dicht gewachsenen Gras ein fahles, wie von leichtem Reif gedecktes Grün. Per kommt mit einer Aluleiter. Er lehnt sie an den Giebel, steigt hinauf. In der Linken hält er eine große Rolle silbernes Gaffer-Band, von dem er ein Stück abreißt und es auf den Bewegungsmelder pappt.

Hart und spitz klimpernd springt der Deckel des Cremetöpfchens über den Fliesenboden. Pascal bückt sich unter den Waschtisch und fingert ihn aus einer Ecke. Er ist nackt, unter seiner braunen, im weichen Badezimmerlicht fast golden glänzenden Haut spannen die Muskeln. Seine Zwei-Phasen-Tages-Nacht-Creme verleiht ein angenehmes Gefühl des Gepflegtseins; sie schützt, ist feuchtigkeitsspendend, hinterlässt keinen Fettglanz, vitalisiert und lindert Hautreizungen nach der Rasur. Er verwendet auch das erfrischende und die Durchblutung anregende Duschgel aus dieser Reihe. Als ihm der Deckel zum zweiten Mal runterfällt, kickt Pascal ihn mit dem nackten Fuß quer durchs Bad an die freskierte Wand. Mit viel Sorgfalt balsamiert er seinen Körper.

Inita sitzt auf der Kante des Gästebetts. Sie trägt Jazzpants und einen Bügel-BH aus softer Tactel-Microfaser. In dem Zimmer brennt nur ein kleines Licht. Sie zieht es an den Rand der Nachttischplatte und wühlt in ihrer Reisetasche. Ein paar verknüllte Kleidungsstücke und ein Anal Beginners Kit fliegen neben der Tasche auf den Boden. Inita zieht einen dunklen Poncho hervor und legt ihn zusammengefaltet unters Bett. Die anderen Sachen stopft sie in die Tasche zurück. Sie löscht das Licht.

XVII

Und malte sich … das Eheleben als einen Katzenkampf in nächtlicher Dunkelheit aus.

«Hat sie dir beim Kochen geholfen?»

Rafa ist gerade ins Bett geschlüpft, ohne sich zuzudecken. Sie trägt ein weißes Dessous-Set aus Single-Jersey mit weißer Lochstickerei-Spitze und effektvoll gekreuzten Bändchen. Das Haar wird seitlich von kleinen Plastikspangen zurückgehalten, auf denen Marienkäfer sitzen. Ihre Kleider liegen unordentlich auf einem roten Hartschalenkoffer.

«Was?»

Per schließt das Fenster. Sein Oberkörper ist nackt. Über dem Hosenbund quetscht sich Speck hoch. Vorn formen Fettpolster kleine, behaarte Brüste. Seitlich über dem linken Oberschenkel ist ein nasser Fleck auf der Pyjamahose.

«Pascals kleine Katalanin. Ob sie dir geholfen hat, als wir draußen waren.»

«Nein. – Sie hat das Eis gemacht. Sie wusste nicht, wie der Crusher funktioniert.»

Er scheuert seinen Bart.

«Du fährst auf sie ab … *Perdito.*»

Rafa zieht den Daumen unter der Kante ihres Slips durch. Per legt sich neben sie und stellt den Fernseher an. Er läuft ohne Ton.

«Ich fahr nicht auf sie ab. Sie ist intelligent, vielleicht ein bisschen kratzbürstig, das mag ich an ihr. Und das war's auch schon.»

«Intelligent? Sie sitzt doch nur da und wartet, bis sie

ihre spitzen Kommentare loswerden kann. Einen eigenen Gedanken habe ich von ihr noch nicht gehört.»

«Du hättest dabei sein sollen, als sie über die Esskultur der Neunziger gesprochen hat. Mit ein paar Sätzen zeigt sie dir den Zusammenhang zwischen Essgewohnheiten und der gesamten Gesellschaft auf.» Er zeigt auf seinen Kopf. «Da muss man schon was in der Birne haben.»

«Deshalb guckst du ihr auch immer auf den Arsch, was? Ich sag dir was: Sie ist 26. Das findest du intelligent. Sonst gar nichts.»

«Konkurrenz unter Frauen», stellt Per fest. Er spricht nach wie vor holperig. Rafa übergeht seine Bemerkung.

«Ich finde, Pascal hatte schon bessere Mädchen.»

«Pascal», sagt Per. Seine Hand wandert zu Rafas Oberschenkel.

«Glaubst du, dass sie zusammen sind?»

«Jedenfalls wette ich, dass sie nicht Händchen haltend nebeneinander im Bett liegen.»

«Euch interessiert wirklich nur Sex.» Rafa seufzt. «Ich meine nicht, ob Pascal mit ihr schläft oder nicht, sondern, wie nah sie sich sind. Ihre Seelen. Übrigens glaube ich nicht, dass sie miteinander schlafen.»

«Auf neuronaler Basis kannst du qualitativ nicht zwischen Sexualhormonen und anderen Botenstoffen unterscheiden.» Pascal zupft das Hosenbein seines Pyjamas zurecht. «Die Seele, von der du sprichst, liegt schon ewig auf dem Müll.»

«Warum leben wir denn zusammen? Wenn es uns nur um Sex ginge ...»

«Wir sind emotional weit hinter unseren Erkenntnissen zurück. Wir sind Tiere. Hey, gib mir einen Kuss.»

Sie küssen sich.

«Pascal war ganz schön fies zu mir. Dauernd kehrt er raus, dass er viel toller ist als ich.»

«Konkurrenz unter Männern.»

«Aber nicht unter Freunden.» Per wechselt ein paarmal das Programm. «Wenn ich's mir recht überlege, war er früher schon so. Er hat mich immer spüren lassen, dass er viel Geld hat und ich keins, oder dass er die tolleren Leute kennt. War er dir gegenüber auch so?»

«Das war was anderes.»

«Was anderes», unkt Per.

«Ja. Was anderes. Und sicher nicht, was du denkst.»

Rafa hat ihre Hand auf seine gelegt und lässt sie dort ruhen. Per, der sie leidend angesehen hat, wechselt den Gesichtsausdruck.

«Mal ganz im Ernst, Rafa. Was ist das für eine Geschichte mit Barcelona? Du willst doch nicht wirklich dahin gehen?»

«Pascal hat mir ein Angebot gemacht. Ich denke darüber nach.»

«Rafa, ich finde, dass du das mit mir besprechen müsstest. Das ist mein gutes Recht.»

Sie gähnt.

«Nach allem, was du propagierst, ist gar nichts dein Recht. Aber ich will heute nicht mehr mit dir diskutieren. Ich bin überkommuniziert.»

«Es beunruhigt mich.»

«Ehrlich gesagt, hast du mich auch beunruhigt.» Rafa richtet sich im Bett auf. «Diese Show vorhin von wegen ‹Letztlich ist es Zufall, dass wir ein Paar geworden sind›, das fand ich verletzend.»

«Das hab ich so nicht gesagt.»

«Doch hast du.»

«Was glaubst du denn? Dass uns der Himmel auserwählt hat?»

«Vielleicht.»

Rafa zieht eine Schnute. Sie stellt den Radiowecker und löscht das Licht. Per drückt zwei Tabletten in seine Hand und schluckt sie ohne Wasser. Er schüttelt immer wieder den Kopf. Zwei-, dreimal wechselt er das Fernsehprogramm. Auf dem Bildschirm rasen schließlich Hasen in langen Sprüngen über ein Feld. Rafa schiebt ihre Hand unter sein Oberteil. Per hakt einen Finger in die gekreuzten Bändchen ihres BHs. Sie küssen sich länger. Per streichelt ihre Brüste und ihren Bauch. Rafas helle Haut wirkt im TV-Licht grau wie Kochfleisch. Rafas Hand wandert zu seiner Hose. Sie berührt flüchtig sein Glied. Per schiebt sein Knie zwischen ihre Beine. Er legt die Rechte auf ihren String, packt das über der Hüfte liegende Band und zieht es in seine Richtung. Sie lösen sich voneinander. Rafa nimmt ihr Pyjamaoberteil vom Stuhl und streift es über.

«Was ist los?»

Per schaltet schon wieder die Programme um.

«Mir ist nicht danach.» Rafa nestelt an ihrem BH und zieht ihn schließlich durch den Ärmel raus.

«Mir eigentlich auch nicht. Ich glaube, ich habe ein bisschen viel getrunken.»

Er gähnt mit sehr weit geöffnetem Mund. Rafa fordert ihn auf, den Fernseher auszumachen. Das Bild schnurrt auf einen Punkt zusammen, der Schirm verlischt. Das durchs Fenster dringende Mondlicht scheint zunächst schwach.

«Ich muss endlich einen Flatscreen fürs Schlafzimmer kaufen», murmelt Per schläfrig.

Rafa ist aufgestanden und macht ein paar Lockerungsübungen für den Hals. «Komisch, nicht wahr? Als ich zu Per ins Schlafzimmer ging, dachte ich auch, es würde noch eine blöde Szene geben. Ich war ein wenig aufgewühlt, aber einen Aufstand machen und wie eine Zwanzigjährige zu Tode beleidigt abrauschen wollte ich auch nicht. Bei Per hat vermutlich der Alkohol sein Übriges getan. Vielleicht bereute er ja auch schon, wie er sich aufgeführt hatte.» — «Aber das Gästezimmer war besetzt. Und von den Sofas ist keines schlaftauglich.» — Sie massiert mit der Rechten ihren Nacken. «Wieso passt das nicht zusammen? Mit Per zu schlafen, wäre ein positiver Abschluss für den Abend gewesen. Ich finde nicht, dass Sex immer so eine … existenzielle Dimension haben muss.» — «Ich bin trocken geblieben. C'est tout.» — «Weil wir schon so lange zusammen sind und es womöglich langweilig finden? Hmm, ich –, es ist nicht so wie … eigentlich möchte ich dazu nichts sagen. Ich bin der Auffassung, dass Beziehungen sich nicht über Sexualität definieren lassen.»

Per hält sein Skizzenbuch in den Händen. Die Finger umfassen die Buchkante und halten es auf diese Weise verschlossen. «O doch, ich hätte ihn schon noch hochgekriegt. Aber ich war nicht bei der Sache. Ein bisschen aufgekratzt, weil ich mir tatsächlich eingebildet habe, ich würde nachts Inita treffen.» — «Bei Rafa kann es schon mal vorkommen, dass sie es nur mit dem Kopf will. Sie ist zu kontrolliert, was das betrifft.» — «Na klar. Wir haben viel und leidenschaftlich Sex. Wir hatten. Sex in der Partnerschaft nutzt sich nicht zwangsläufig ab. Entscheidend ist, dass man ihn kultiviert. Die Details sind wichtig, nicht, dass jeden Tag was läuft.» Per grinst. – «Für mich ist es zum Beispiel wichtig, dass Rafa nie ganz nackt ist. Und ihre Wäsche muss nach Rafa riechen, nicht nach Ariel.» — «Es waren Koffeintabletten. Für alle Fälle, um fit zu bleiben.» — «Froh? Jaa ... jedenfalls war ich nicht scharf darauf, diese blöde Geschichte gleich noch einmal aufzuwärmen. Hätte sowieso nichts gebracht. Andererseits: Wenn wir uns ausgesprochen hätten, wäre an dem Samstag vielleicht alles anders gekommen.»

XVIII

Solche Amseln machen, das weiß man,
andere Vögel nach.

Rafa verharrt im nächtlichen Schatten eines vor dem Fenster stehenden Baumes. Ihr Pyjama wirft unregelmäßige Falten und reflektiert an manchen Stellen blasses blaues Licht. Das Fenster steht offen. Für einen Moment lehnt sie sich hinaus. Draußen kämpfen und fauchen Kater. Dazwischen eine lange Serie von gedehnten, reinen Pfeiftönen, wahrscheinlich eine Nachtigall. Rafa kippt das Fenster. Sie setzt sich aufs Bett. Mit weit nach hinten gebeugtem Kopf trinkt sie den letzten Rest Wasser aus einem Glas. Draußen ist es eine Weile still, dann kehrt das Gefauche noch lauter als zuvor zurück. Eine der Katzen schreit laut auf, danach ist sie nicht mehr zu hören. Erneutes Toben. Etwas klatscht gegen die Bretterwand des Schuppens. Gleich darauf klingt es, als würde ein größerer Gegenstand umfallen. Wieder das sich jagend entfernende Geschrei.

Rafa: «Keine Ahnung. Sich Notizen machen oder was zeichnen. Per steht nachts immer auf, wenn er eine Idee hat.

Dass er so weit gehen würde, sich heimlich mit Inita zu treffen, hielt ich da noch für ausgeschlossen.» — «Ein komisches Gefühl hatte ich schon. Das passiert einem ja häufig, wenn man länger wach liegt. Meine Sachen zu packen, hat mich irgendwie beruhigt.» — «Weiß ich auch nicht. Selbstverständlich hätte ich mein Notebook auch einpacken können. Ich dachte irgendwie, es soll nicht kaputtgehen. Letztlich war es absurd.»

Per: «Natürlich war ich draußen. Ich geb's ja zu, dass ich ein Idiot bin. Eine halbe Stunde hab ich gewartet. Ich hatte mir auch eingebildet, ich hätte gehört, wie sie kurz vor drei aus dem Haus ging. Ein Wiesel hat eine Lerche geschlagen. Ich konnte hören, wie sie ängstlich flatterte, zum Schreien ist sie wohl nicht mehr gekommen. Später habe ich beobachtet, wie das Wiesel mit seiner Beute im Schuppen verschwand. In letzter Zeit verlieren die Tiere immer mehr die Scheu vor dem Menschen. Als ahnten sie schon, dass wir bald abtreten werden.» Er bläst Luft durch seine Nase.

Rafa ist wieder aufgestanden. Im Dunkeln tritt sie an den Schrank und packt Wäsche in einen Rucksack. Sie nimmt ihren Klapprechner von einem Tischchen und versteckt ihn, auf Zehenspitzen stehend, im oberen Schrankfach unter einer Steppdecke. Anschließend macht sie vorsichtig die Türen zu. Sie legt sich aufs Bett, oben auf die Decke. Ihre Hand tastet nach dem Radiowecker. Mit harschem Knacken geht er an. Eine ruhige Männerstimme sagt:

«Ich würde dir raten, deinen Mut zusammenzunehmen und ihm zu sagen, wie weh er dir getan hat. Und wenn er immer noch keine Rücksicht nimmt, solltest du dir überlegen, ob du nicht besser gehst, verstehst du? Unter Umständen kann es auch besser sein, ihn zu verlassen. – Hilft dir das ein bisschen, Vanessa?»

«Ja, danke», erwidert die Stimme einer jungen Frau am Telefon, «ich glaube, ich werd das mal so machen. Danke.»

Der Moderator sagt ein paar allgemeine Dinge über die Liebe, bevor er den nächsten Anruf annimmt. Es ist ein Mann mit junger, gespannter Stimme. Er nennt sich Lukas. Lukas will seine Freundin umbringen.

«Sie ist eine Nutte», sagt er, «sie macht es mit jedem, vor meinen Augen. Es ist ihr scheißegal. Ich fühl mich wie ein Stück Scheiße, so verachtet oder so, ich bring sie um. Ich mein, warum macht sie das mit mir? Lieb ich sie etwa nicht, oder was? Ich muss doch ein Arschloch sein, dass ich auf so was reingefallen bin, ich bring sie um, ich steck ihr ein Messer unten rein und dreh's zweimal um, die Fotze ist einen Dreck wert ...»

Der Moderator versucht, Lukas zu beruhigen, und ermahnt ihn, sich nicht so auszudrücken. Aber Lukas fährt fort mit seinen kalten, schnell gesprochenen Drohungen, bis er aus der Leitung gedrückt wird.

XIX

Das einzige Spiel, das den Erwachsenen noch bleibt …

Samstag, 26. Mai, 8 Uhr.

Auf dem Rasen hüpft zwischen frischen Halmen eine Amsel. Im dichteren Gras beim Schuppen hängt Tau. An der Hauswand wandert das Licht vorwärts, die ersten Bienen kommen mit der Sonne. Unter dem Dach schreien Jungvögel gierig nach Futter. Die Tür zum Balkon steht offen. Oben erscheint in Unterwäsche der gut gelaunte Pascal und macht Gymnastik.

Beim Schuppen taucht Rafa auf. Ihre Schritte ziehen im feuchten Gras eine Spur wie ein Schatten. Sie ist barfuß, auch ihre Beine sind bis zum Rocksaum nackt. Die Ärmel ihres Netzpullovers hat sie hochgestreift. Ihr Haar ist noch unfrisiert.

«Wer bist du?», ruft Pascal munter, als er Rafa vor dem Haus sieht. «Bist du nicht Rafaela Müller? Wie kamst du her? Und, sag, warum?»

Rafa schaut hoch. Pascal macht einen Handstand, der Balkon knirscht. Pascals Beine zappeln in der Luft, seine Stimme klingt gepresst.

«Lady, by yo--nder … blessed moon … I vow … that tips with … si--ilver a--all –.»

Er kippt um, Rafa lacht. Mit beschleunigter Atmung turnt er auf dem Boden weiter. Seine Bewegungen sind hinter dem Geländer erahnbar. Als er wieder hochkommt, taucht die Sonne den Balkon in strahlendes Licht.

Pascals bronzene, samtige Haut wirkt, als wäre sie mit viel Sorgfalt auf seinen Körper geklebt.

«Pascal!»

Rafa hat einen Frosch im Hals und muss sich räuspern.

«Ich heiße nicht Pascal. Es ist ein anderer, den du meinst. Mein Name lautet Pablo.»

Rafa hält ihr Gesicht in die Sonne, als wollte sie Wärme tanken. Als sie wieder zu Pascal schaut, hat ihr Blick etwas Listiges.

«Ok, Paul –»

«Nicht diesen Namen. Bitte!» Er beendet mit ein paar Lockerungsübungen seine Gymnastik. «Du weißt, den hab ich nie getragen.»

«Ok, Paul. Pablo, Pasc.»

Sie lachen.

«Pablo. Schließlich hast du mich so getauft.»

«Warst du das nicht selbst?»

«Nein, du. Nur du hast mich so genannt.» Er stützt die Hände aufs Geländer. «Findest du nicht auch, dass es ein wunderschöner Morgen ist?»

«Ja, wieso?»

Rafa weiß nicht, worauf er hinauswill. Sie steht nah bei einem der Stützpfosten; eine schräge Linie teilt ihre Front in eine sonnenbeschienene untere Hälfte und eine beschattete obere.

«Cabrio-Wetter.» Pascal hat sich über die Brüstung gebeugt und schaut ihr direkt in die Augen. Da sie nicht antwortet, setzt er hinzu: «Ausflugswetter. Komm, lass uns irgendwohin fahren!»

«Einfach so?»

«Wild und ohne Ziel.»

«Nur wir beide?»

«Nur du und ich.»

«Ok.»

Pascal steht wie erstarrt.

«Ok. Lass uns fahren, *Pablo*», wiederholt Rafa.

Pascal öffnet den Mund, redet aber erst nach einer Pause.

«Ich bin in einer Minute bei dir.»

«Ich muss auch noch mal rein.»

Rafa steht an einem geöffneten Fenster, vor dem jedoch die Jalousie herabgelassen ist. Sie raucht. Rechts ist ein Abschnitt der blauen Wand sichtbar. «Ich hatte es gar nicht ernst gemeint. Es war eine spontane Reaktion, ich spürte plötzlich so einen Schwung, so eine Lust, es einfach zu tun, ohne Wenn und Aber loszufahren. Da habe ich nicht weiter nachgedacht. Das passt gar nicht zu mir, eigentlich bin ich ja mehr der rationale Typ.» Sie inhaliert. «Mit dem vorhergehenden Abend hatte es nichts zu tun. So gesehen hätte ich ja eher darauf dringen müssen, mit Per allein zu sein. Nein, es lag an dieser ungewohnten Leichtigkeit. Ich habe mich so … jung gefühlt, innerlich. Und es war keinerlei Ernst dabei. Ich hätte mir niemals ausgemalt, was dann daraus wurde.» — «Also, ich bin sehr früh aufgewacht, das ist ungewöhnlich für mich. Aber ich fühlte mich frisch. Per schnaufte neben mir ins Kissen, die Decke bis zu den Ohren hochgezogen. Ich bin ganz leise aufgestanden, um ihn nicht zu wecken, habe frische Wäsche aus meinem Rucksack genommen und bin duschen gegangen. – Ist das detailliert genug?» — «Das habe ich doch schon gesagt. Den Rucksack hatte ich in der Nacht zuvor gepackt. – Ja, da war schon so eine Verletztheit dabei, der Wunsch, mich meiner Unabhängigkeit zu versichern. Aber ich bin nicht deshalb mit Pascal gefahren. Ich hab ja nicht zu ihm gesagt: Bring mich hier weg.» — «Unbedingt. Ich meine, Pascal ist klein, das verleiht ihm etwas Jungenhaftes, was ich schon mag. Er hat einen schönen Körper, gebildet, aber nicht aufdringlich oder protzig. Ohne Frage ist er besser in Form als Per, der langsam ein bisschen schlaff wird.» – Sie winkt ab. «Das war ein altes Spiel zwischen uns, noch aus der Phase, als sich alle andere Namen zulegten. Per ist sogar hängen geblieben. Er heißt ja eigentlich Peter. Pascal wollte damals Pablo genannt werden, das fanden alle albern. Wir haben ihn aufgezogen, indem wir ‹Paul› zu ihm sagten.» — «Nein, an Inita habe ich erst gedacht, als ich schon im Auto saß. Das ist komisch, oder? Ich meine: wie man solche Sachen, oder Leute, einfach ausblenden kann. Per hatte ich in dem Moment ja auch vergessen. Das war ja auf eine Art das Schöne an der Sache: nur an mich zu denken.» Sie spreizt die Jalousie mit zwei Fingern und ascht zum Fenster raus.

Als Pablo angekleidet aus dem Haus kommt, hockt Rafa mit einem Lederrucksack auf dem Rücken im Gras und beobachtet eine Ansammlung von Käfern, die durch ein kleines Loch in der Erde ans Licht krabbeln. Es sind eine ganze Menge Tiere; je zwei hängen meistens zusammen. Die aneinander gekoppelten Paare sehen aus wie ein Leib. Der neun bis zwölf Millimeter große, länglich-ovale Körper der Tiere ist abgeflacht. Sie sind auffallend rotschwarz gezeichnet. Der Kopf und das Schildchen sind schwarz, der Halsschild besitzt einen schwarzen Mittelfleck. Pablo hockt sich neben Rafa.

«Was ist denn das?», fragt er angewidert.

«Feuerwanzen», sagt Rafa. «Ich finde sie schön. Es sind Imagines, die überwintert haben. Sie paaren sich jetzt. Das Männchen steigt auf den Rücken des Weibchens, führt den Penis ein und rutscht seitlich herunter. Anschließend wenden sich die Tiere zur Gegenstellung mit abgewandten Köpfen.»

«Ich wusste gar nicht, dass Käfer einen Penis haben.» Pablo grinst. «Wenn wir auch so Sex hätten, Arsch an Arsch …»

«Die Weibchen legen bis zu hundert Eier ab. Nach dem Schlüpfen aus dem Ei folgen fünf Nymphenstadien. Jedes Stadium wird mit einer Häutung abgeschlossen. Auf das fünfte Nymphenstadium folgt die Häutung zum adulten Tier, der Imago. Die Larvenstadien sehen den Imagines bereits sehr ähnlich. Die Verwandlung von der Nymphe zur Imago wird als unvollständige Verwandlung bezeichnet.»

«Wie häufig tun sie es?» Pablo schaut die ganze Zeit unverwandt auf das rot-schwarze Treiben. «Woher weißt du das alles?»

«Es gibt einen Verein der Wanzenfreunde. Wir haben eine Site für sie gemacht. Ich hab mich außerdem schon immer für Biologie interessiert.»

Pause.

«Besonders interessant fand ich, dass sich die Wanzen in einem Labor, in dem sie zwischen amerikanischem Zeitungspapier lebten, nicht vermehren konnten. Man fand heraus, dass das zur Papierherstellung verwendete Holz eine hormonartige Substanz enthielt, die indirekt die Fortpflanzung verhinderte. Die Feuerwanzen haben so genannte Juvenilhormone, die fördern die Larvalentwicklung und hemmen die Metamorphose. Wenn die Abgabe des Juvenilhormons eingestellt wird, kommt es zur Metamorphose. Ohne Juvenilhormon sind die Weibchen steril.»

Rafa fährt mit dem Finger zwischen die Tiere, die sich davon nicht stören lassen.

«Hey, ich finde es toll, dass du so spontan Ja gesagt hast.»

Pablo schaut sie so lange eindringlich an, bis sie sich ihm zuwendet.

«Da sich die Gelegenheit nur alle fünfzehn Jahre ergibt –»

«Das ist nicht gesagt», protestiert er. «Ich werde in meinen Entwicklungen immer beständiger. Kontinuität ist unsere Stärke», setzt er hinzu, «so steht's auf unserer Homepage.»

Rafa schaut ihn spöttisch an. Durch eine kleine Wendung kommt sie aus dem Gleichgewicht und greift nach seinem Oberschenkel. Auch Pascal kommt nun ins Wanken. Einen Moment später sitzen sie beide auf dem Rasen. Sie lachen.

«Ihre Warntracht sichert den Feuerwanzen einen Überlebensvorteil.» Rafa zeigt auf den Pulk von Käfern. «Fressfeinde, gegen die sie sich mit stinkenden Sekreten wehren, lernen so, sich in Acht zu nehmen. Dass andere Wanzenarten eine ähnliche Färbung haben, verstärkt den Effekt noch. Die Zahl der für den Lerneffekt zu opfernden Individuen verteilt sich auf mehrere Arten, wovon jede profitiert.»

«Müllersches Mimikry», murmelt Pablo. «Genug, lass uns fahren.» Er fischt den Fernschlüssel für den Roadster aus der Tasche. Leise ploppt die Zentralverriegelung.

«Ihr habt tatsächlich getauscht», sagt Rafa. «Schade, ich wäre gern mit dem Jeep gefahren.»

Sie hat schon ein paar Schritte auf den Geländewagen zu gemacht. Pablo, der noch bei den Feuerwanzen steht, schüttelt den Kopf. Er lässt seinen hellbraunen Slipper über den krabbelnden Tieren schweben.

«Soll ich sie zertreten?»

«Sie sind nicht besonders schädlich.» Rafa reibt sich die Arme. «Wo bleibst du?»

Der Wagen startet. In weniger als einer halben Minute hat sich das Dach geöffnet. Pablo lenkt den Roadster mit einer Vorsicht auf die Straße, als führen sie über Teppich. Ein Sirren mischt sich in das Schnurren des Motors. In der Einfahrt reißt Rafa den Kopf herum. Ihr Blick haftet auf einem großen, schwarzen wollenen Tuch, das dort wie verloren vor einem Strauch liegt.

Pascal ist auf dem Weg zu seinem Wagen. «Inita ist so. Aus irgendeinem Grund muss es ihr besser erschienen sein, zu gehen, also hat sie es getan. Sie mochte weder Per noch Rafa.» — «Ich hab zu tief geschlafen. Erst gegen morgen habe ich gemerkt, dass sie nicht mehr da ist. – Nein, es hätte ja auch sein können, dass sie im Garten ist.» — «Wir haben nie mehr darüber geredet. Wozu? Sie tut, was sie will, ich tu, was ich will.» Er öffnet die Wagentür. — «Rafa hat mich positiv überrascht. So viel Spontaneität hätte ich ihr nicht zugetraut. Ich habe mich nicht groß gefragt, welche Absichten sie verfolgt, das ist nicht meine Art.» — «Attraktiv, ja. Genauso wie vor fünfzehn Jahren. In noch mal fünfzehn Jahren werde ich Rafa weiterhin attraktiv finden. Das ist so. Punkt. Nichts davor, nichts dahinter.» Er winkt ab. «Verliebt, was ist das schon? Heute wedelst du mit dem Schwanz, und morgen fletschst du die Zähne.»

XX

Das Auto wird blitzschnell an einem oder mehreren Rädern abgebremst – so, als könnte man vier Bremspedale auf einmal bedienen.

Der silberne Wagen gleitet die Straße entlang. Manchmal ist er nur ein Schatten hinter grünenden Büschen, dann blitzt er in der Sonne und wirft helle Strahlen bis in die Baumwipfel. In einer hohen Kiefer nicht weit entfernt landet ein Bussard auf seinem schwankenden Nest. Der Nussbaum breitet seine mit Blattknospen besetzten Äste über den Weg. Das Fahrrad des Jungen liegt wieder im Straßengraben. Immer lauter dringt das Motorengeräusch durch den Wald. Das Getriebe schaltet automatisch zurück, und der Motor dreht für kurze Zeit höher. Langsam rollt der Roadster heran. Sein silbernes Verdeck ist geschlossen. Er hält. Pablo steigt aus und geht zu dem Fahrrad. Er zieht es aus dem Straßengraben, fasst es einfach am Lenker und schleift es hinter sich her zu dem Nussbaum. Auf seinem Kopf sitzt eine scharf gezogene Scheitellinie. Die Haare kleben am Schädel und glänzen feucht. Jetzt schaut er rauf.

Der für sein Alter groß gewachsene Junge sitzt auf einem der oberen Äste. Er trägt seinen Trainingsanzug und die Gummistiefel. Seine Füße baumeln. Ein Arm umklammert den Stamm. Er schaut irgendwohin, in die Bäume oder in den Himmel. Pablo nimmt die Sonnenbrille ab und hängt sie in die kurze Knopfleiste seines Polohemdes.

«Hey», ruft er nach oben.

Der Junge schaut runter, rührt sich aber nicht.

«Verkaufst du mir dein Fahrrad? Ich gebe dir einen Hunderter. – Das ist viel, es ist höchstens die Hälfte wert.»

Pablo hält das Rad am Lenker, das Vorderrad steht in die Luft. Er schüttelt es. Der Junge hockt bewegungslos auf seinem Ast und schaut zu Pablo herab.

«Was ist? Meinetwegen geb ich dir auch hundertzwanzig. Mehr hab ich nicht dabei. Oder akzeptierst du Mastercard?»

Das anschließende Lachen bleibt unerwidert. Der Junge rutscht auf seinem Ast noch näher zum Stamm. Das Geräusch des Fensterhebers ist zu hören. Rafa steckt den Kopf durch die Öffnung. Der Junge steigt auf einen anderen Ast. Er verbirgt sich so gut es geht hinter dem Baumstamm.

«Willst du dich verstecken?», ruft Pablo. «Aber ich sehe dich. Pass auf, ich lege das Geld unter den Stein da, damit es nicht wegfliegt, und nehme das Fahrrad mit.»

Der Junge hat die Wange fest an den Stamm gepresst. Kaum merklich schüttelt er den Kopf. Pablo hat sich schon gebückt. Er fischt einen Kassenbon aus seinem Portmonee, schiebt ihn unter einen Stein und schleift das Fahrrad mit sich zurück zum Auto. «Danke», ruft er im Gehen. Pablo legt das Fahrrad in den Kofferraum des Mercedes und fährt gemächlich los.

«Du hast dem Jungen sein Fahrrad weggenommen?»

Rafa schaut Pablo von der Seite an.

«Ich habe es bezahlt.»

«Was willst du damit? – Was ist das für ein Junge? Dieser Robert?»

Pablo stoppt den Mercedes ohne den Motor auszumachen. Die beiden sind höchstens fünfzig Meter gefahren. Er steigt aus, nimmt das Rad und wirft es in den Graben.

«Er wird es finden», sagt er, als er wieder im Auto sitzt.

«Spinnst du!», ruft Rafa. «Halt sofort wieder an. Du musst es ihm zurückbringen.»

Pablo fährt weiter.

«Pablo! Was soll das? Halt an!»

Jetzt hält er. Sie stehen in der Einmündung zur Landstraße neben dem Haltestellenhäuschen aus Wellkunststoff. Er schaut auf Rafas große, Facettenaugen ähnelnde Brillengläser.

«Der Junge ist mir gestern fast ins Auto gefahren, Rafa. Für ihn wäre es besser, wenn er kein Fahrrad hätte. Er ist nämlich blöd, geistig behindert, verstehst du? Ich dachte, du wüsstest das. – Und natürlich nehme ich ihm sein Rad nicht weg. Er wird es schon finden.»

«*Du* bist blöd», sagt Rafa und fängt an, in den CDs zu kramen. Pablo verzieht den Mundwinkel.

«Kinder wie dieses muss es heute nicht mehr geben.»

Der Mercedes rollt auf die Landstraße und fährt mit hoher Beschleunigung davon.

Pascal: «So was nennt man eine Übersprungshandlung, habe ich recht? Also: Eigentlich habe ich mich über Rafa geärgert, weil sie mir Vorhaltungen gemacht hat. Ich konnte es aber nicht rauslassen.» — «Dass ich mir keine Sorgen um Inita machen würde. Zuerst hat sie mich aber noch aufgezogen, Inita sei mir weggelaufen und so. Dann hat sie gesagt, es könnte was passiert sein. Rafa hat ein panisches Existenzgefühl.» Er öffnet die Wagentür und stellt sich in den offenen Schlag. – «Weil ich ihm das Rad abgenommen habe? Quatsch. Ich bin ganz sicher nicht schuld daran, dass Robert verunglückt ist. Mit so was quäle ich mich nicht.»

Rafa steht immer noch am Fenster und raucht. «Ich fand es einfach nur doof. Ich habe nicht verstanden, wozu das gut sein sollte. Vielleicht eine Ersatzhandlung, weil es Pablo ärgerte, dass ich ihn an seine Verantwortung für Inita erinnerte. Ich hätte das viel deutlicher zeigen sollen. Leider habe ich es ihm leicht gemacht und mir gesagt: Sei nicht so moralisch, lass dich für den einen Tag mal fallen, du wirst die Welt nicht retten.» — «Ich fand es zunächst nicht so dramatisch, Pascals Variante schien mir auch die wahrscheinlichste: Aus irgendeinem Grund wollte sie weg und hat sich ein Taxi gerufen. Wobei die Frage blieb, warum sie genug hatte.» Sie inhaliert. «Trotzdem hätte er sie wenigstens anrufen können. Da hat er sich anfangs richtig quer gestellt. Das kam mir so nachlässig vor. Zu nachlässig für den Umgang mit Menschen.» — «Mein erstes Gefühl war Erleichterung, ja. Ich habe sofort Per vor mir gesehen. Also Per allein. Vorher, als ich ins Auto stieg, hatte ich nämlich mal ganz kurz die Fantasie, Per und Inita könnten sich in aller Ruhe in den Betten wälzen, während wir unterwegs sind.»

XXI

Nun musste er fortfahren, zu wollen, was er gestern gewollt hatte

Punkt 8.30 Uhr geht der Rasensprenger an und erfüllt die Luft mit seinem gleichförmigen *Fluppfluppfluppflupp*. In den Bäumen und Sträuchern rascheln die Flügel kleiner Vögel. Hier wird ein aggressives Zwitschern laut, dort fliegt ein gefiederter Körper auf und schießt, kaum steigend, immer wieder rasch ein Stück sinkend, über die

Beete. Per verlässt das Haus in Radlerkleidung, einer knielangen, zwischen den Beinen gepolsterten schwarzen Hose und einem rosa Trikot mit Werbeaufdruck. Helm und gelb getönte Brille hat er ebenfalls aufgesetzt. In der Hand einen Fahrradsattel.

Allmählich saugt die Sonne den Tau vom Rasen. Nur in den Schattenzonen wirkt das Gras noch feucht. Per will schon zum Schuppen abbiegen, da fällt sein Blick auf die Einfahrt. Er stutzt und geht dann mit schnellen Schritten den Weg hinab. Gleich darauf kehrt er mit einer beigen Bowlingbag unter dem Arm zurück. Den Sattel hält er nun aufrecht vor sich; er könnte sein Kinn darauf ablegen. Als er die Schuppentür öffnet, taucht vor ihm die rot getigerte Katze auf. Sie bleibt im Türspalt stehen, zögert, streicht zurück in die Dämmerung.

Per geht weit nach hinten durch. Eine schmale Luke in der Rückwand lässt das Morgenlicht rein. Es zeichnet einen viereckigen Lichtfleck auf den Boden. Per beschnuppert die Handtasche, schaut kurz rein und legt sie auf die vor der Wand aufgestapelten Gartenmöbel. Das Fahrrad ist mit einer Plane abgedeckt, die Per schwungvoll runterzieht und ebenfalls auf den Möbelstapel wirft. Offensichtlich gestört, taucht die Katze wieder auf. Sie faucht und verdrückt sich ins Gerümpel, von wo ihre Augen leuchten. Per spürt ihr nach. Am Boden findet er ein Nest kleiner Katzen, die sich winden und räkeln und fiepsige Geräusche machen. Die Augen der kleinen Tiere sind geschlossen, jedenfalls beinah. Ihre Bewegungen wirken auf eine zarte Art täppisch. Im Umdrehen rennt Per gegen den Stapel mit den Stühlen. Leise fluchend montiert er den Sattel und schiebt das Fahrrad zur Tür hinaus.

Per hält die Fingerspitzen aneinander und stützt mit dem Daumen sein Kinn ab. «Idiotisch, oder? Heute ist mir völlig klar, dass Inita nicht mal erwogen hat, mich zu treffen. Aber ich war wie paralysiert. Ich sagte mir: Zwischen Pascal und ihr ist nichts. Dann hab ich mir eingeredet, gerade ihre Kühle und Zurückhaltung würden zeigen, dass sie mich will. – Ich … bin die Fantasie nicht mehr losgeworden, dass ich sie von hinten nehmen würde, und so. Sie hatte so einen schönen, festen Arsch.» Er seufzt. «Selbst am nächsten Morgen dachte ich noch, da geht was. Ich malte mir aus, dass Inita ein Komplott geschmiedet hätte: Sie wäre scheinbar abgehauen und hätte Rafa und Pascal so weggelockt. Dann wäre sie zurückgekehrt, wir wären endlich ungestört gewesen. Selbst als ich mein Mobilteil nicht fand, dachte ich, das gehöre irgendwie zum Spiel, also sie hätte es versteckt. Ich weiß, dass das nicht ganz folgerichtig klingt, ich bin auch nicht stolz drauf, aber so war es.» — «Normalerweise verlasse ich mich in allem, was ich tue, auf meinen Verstand. Natürlich kenne ich auch Gefühle, und ich weiß, dass sie eine Rolle spielen. Umso mehr ärgere ich mich über diese Gedanken.» — «Inita hat das irgendwie ins Rollen gebracht, oder? Ich verstehe noch nicht, wie. Aber sie hat was damit zu tun. Wahrscheinlich hat sie Rafa aufgestachelt, als die beiden allein waren. Ich glaube ja auch, dass Rafa letztlich aus Eifersucht gesagt hat, sie wolle mit Pascal nach Barcelona gehen.» Er bemerkt, dass seine Hand sich an die Schale des Eames-Stuhls klammert, und lässt schnell los. — Laut: «Wie? Natürlich halte ich es immer noch für möglich, dass sie dahin geht. Scheiße.» — «Lächerlich, ja. Rafa und Pascal, daraus wäre niemals etwas Dauerhaftes geworden. Pascal ist gar nicht bindungsfähig. Und dieses Ausprobieren, das Reginita eingefordert hat, ist auch absurd. Wie soll ein einziges Wochenende fünfzehn Jahre Zusammenleben wegwischen?» Per kaut auf seinem Zeigefinger.

«Sicher habe ich Rafa verletzt. Das war unnötig. Aber ihr Verhalten war auch provozierend. Sie wusste, dass mich das reizen musste.» — «In gewisser Weise war das die Fortsetzung ihres konfrontativen Verhaltens, ja. Sie hat ja sogar ihre Sachen mitgenommen. ‹Jetzt hab mal schön Angst!› – so war das angelegt.» — «Ich wollte den Tag produktiv verbringen. Soweit Rafa betroffen war, konnte ich doch bloß abwarten. Also sagte ich mir: Fährst du halt Rad, räumst du halt auf. Ich dachte am Samstag noch nicht, dass sie so einen Zirkus machen würde. Sie ist ja immer noch nicht bereit, mich zu treffen.»

XXII

But you must give trust a try

Langsam fährt die Bühne nach unten, die hilflos in den Federn hängenden Räder bekommen Bodenkontakt, der Roadster wirkt wieder wie ein Auto. Vor dem blau gestrichenen Werkstatttor wartet Pablo auf den Wagen. Ein Mechaniker lenkt ihn aus der Halle, steigt aus und redet auf Pablo ein. Der Handwerker trägt einen nagelneuen Overall, der genauso blau ist wie das Hallentor. Pablo deutet in den Wagen. Der Mechaniker beugt sich noch einmal hinein und zupft die Schutzfolie vom Fahrersitz. Pablo steigt nun ein und rückt den Sitz nach vorn. Der Wagen rollt zu den Zapfsäulen. Während Pablo tankt, kommt Rafa mit einer Lifestyle-Zeitschrift unter dem Arm aus dem Tankstellenshop zurück. Sie tritt mit der Fußspitze gegen den neu aussehenden Reifen vorn rechts, bevor sie sich ins Auto setzt. Pablo beginnt die Scheibe zu waschen. Kaum hat er den Schwamm in der Hand, laufen drei junge Frauen in eng sitzenden blauen Overalls auf ihn zu. Alle drei sind riesengroß, eher einsneunzig als einsachtzig. Auf ihren langen blonden Haaren sitzen neckisch kleine blaue Schirmmützen. Die mittlere hält eine große blaue Wasserkanne in der Hand, die von Pablo aus gesehen rechte einen ebenfalls blauen Eimer und einen Wischer mit blauem Schwammteil, die linke eine Ölflasche in derselben Farbe. Sie erklären Pablo, dass die Tankstelle einen Aktionstag macht. Pablo diskutiert mit ihnen. Da sie dicht vor ihm stehen, muss er den Kopf in den Nacken legen. Er sagt Dinge wie «das kann ich selbst», «was kostet das denn?», «ja, aber». Schließlich setzt er sich ins Auto und entriegelt die Motorhaube.

«Das war ein hartes Stück Arbeit», seufzt er, zu Rafa gewandt, «sie sagten zunächst, dass sie den Reifen erst Montag wechseln.»

«Zur Not hätten wir das selbst machen können.» Rafa wirft das Magazin in den Fond. «Aber du lässt dich ja lieber bedienen.»

Pablo ignoriert die Bemerkung. Die Motorhaube wird schon wieder geschlossen. Eine der Frauen beugt sich lachend über die Windschutzscheibe. Ihre großen weißen Zähne bekommen durch die Tönung des Glases eine unschöne Färbung.

«Das Motorgeräusch gefällt mir nicht. Irgendwas klingelt da. Der Mechaniker hat aber nichts gefunden.»

Rafa winkt ab.

«Als er den Wagen gerade ein paar Wochen hatte, ist Per mal jemand reingefahren. Seitdem hat er dieses Geräusch. Per war schon x-mal in der Werkstatt. Niemand hat rausgefunden, wo es herkommt und ob es was zu bedeuten hat.»

«Wie eine Wunde, die nicht heilt.»

«Ja, den einen macht es nichts, die anderen sterben dran. Der Roadster hat bislang durchgehalten.»

Die Gummilippe quietscht auf dem trockenen Glas. Pablo reicht einen Schein nach draußen. Strahlend zieht das Frauenteam weiter zum nächsten Wagen. Ein paar Kinder stehen neben einem Regal mit Grillkohle und starren die drei unverhohlen an. Pablo startet den Wagen.

«Da. Hörst du es? Gestern war es übrigens noch nicht da.»

«Kümmer dich einfach nicht drum.»

Sie fahren von der Zapfsäule bis an die Einmündung. Rafa setzt ihre Sonnenbrille auf.

«Wohin wollen wir denn nun?»

«Was hältst du von einem Frühstück in Paris?», erwidert Pablo munter.

«Paradies?»

Er lacht.

«Auch ok. Wir können in ein paar Stunden da sein. Paris ist immer noch *die* Stadt auf dem Kontinent.»

«Paris ist ein Klischee.»

«Du hast doch immer gesagt, es ist die absolute Stadt.»

«Was ist mit Barcelona?»

«Zu weit weg.»

«Lass uns einfach rumfahren, Pablo. Wir müssen doch nicht dauernd irgendein Ziel haben.»

Rafa lässt sich in den Sitz sinken. Sie greift nach einem Stapel CDs.

«Ok, fahren wir rum. Soll ich links oder rechts abbiegen?»

«Sind das deine CDs, oder hat Per seine im Auto gelassen? Ihr habt absolut den gleichen Musikgeschmack.»

«Sie gehören Per», knurrt Pablo mit einem Seitenblick. «Ich habe vergessen, sie umzutauschen.»

Mit spitzen Fingern hat Rafa die Janet-Jackson-CD «All for you» aus der Hülle genommen und schiebt sie ein paar Zentimeter weit in den Schlitz des CD-Spielers. Mit einem feinen, Präzision und Kontrolle vermittelnden Geräusch verschlingt der Apparat die Scheibe. Rafa schaut spöttisch.

«Die hat Per vor ein paar Jahren rauf und runter gehört.»

«Ja, das passt zu ihm. – Links oder rechts?» Während er auf eine Antwort wartet, schaltet Pablo an der Lüftung rum. «Die Aircondition taugt nichts.»

Der CD-Spieler gibt einen kleinen amerikanischen Dialog wieder. Rafa spricht einen Satz nach. Dabei versucht sie, Aussprache und Tonfall perfekt zu imitieren.

«Are you guys recording our conversation? I get the feeling you are.»

Pablo trommelt mit den Fingern aufs Lenkrad. Er starrt Rafa an, die ihre Sonnenbrille zurechtrückt und seinen Blick nicht zu bemerken scheint. Hinter ihnen hupt ein Auto.

«Die Straße ist längst frei, Pablo. Du kannst fahren.»

Er schaut nach vorn und gibt Gas. Rafa schmiegt sich in den Ledersitz. Pablo biegt rechts ab. Ein blaues Feld in einem gelben Wegweiser kündigt die Autobahn an. Die Straße ist schnurgerade. Links stehen Industriehallen, rechts liegt eine ungemähte Wiese.

«Fahr schneller», fordert Rafa.

«Da vorn ist eine Ampel.»

Pablo gibt trotzdem Gas und bringt den Roadster kurzzeitig auf hundertsechzig, lässt ihn dann aber auf die erlaubten achtzig zurückfallen. Rafa trommelt den Rhythmus des Titelsongs auf dem Armaturenbrett mit. Leise singt sie: «Ooh hoo you ain't right, ooh hoo sick and tired. Das war eine tolle Idee von dir, Pablo. Einfach wegzufahren, mir nichts, dir nichts. Ich bin richtig aufgekratzt.»

Sie kichert. Pablo bremst den Wagen ab und kommt vor der auf Rot gesprungenen Ampel zum Stehen. Rafa hat das Begleitheft aus der CD-Hülle gefummelt und blättert. Mehrfach drückt sie die Vorwärts-Taste. Auch Pablo summt jetzt hie und da die Janet-Jackson-Songs mit. Aus der Autobahnausfahrt kommt eine lange Reihe Wagen auf die Straße.

«Scheint viel los zu sein.»

Rafa geht nicht darauf ein. Ihre Miene ist ernst geworden.

«Hast du endlich Inita angerufen?»

«Sie ist zurzeit nicht erreichbar.»

«Ich hatte sie fast vergessen. Mein Gott, hoffentlich ist nichts passiert.»

Pablo lacht.

«Ich mach mir echt Sorgen. Eine erwachsene Frau verschwindet doch nicht einfach so.»

«Du kennst sie nicht. Ich wette, sie ist genau deshalb heimlich abgehauen, damit wir uns Sorgen machen. Nicht mit mir.»

«Glaubst du, dass wir sie gekränkt haben? Vielleicht hat sie doch einen Unfall gehabt …»

Pascal antwortet nicht. Das Gespräch verstummt. Janet Jackson singt, und Rafa zwitschert ein paar Synthi-Töne nach. Plötzlich gibt Pablo Vollgas, zieht vom Linksabbieger rechts rüber und schneidet die anfahrenden Autos. Rafa schaut ihn streng an.

«Ich dachte mir, wir fahren einfach in die Richtung, für die es zuerst Grün gibt», entschuldigt er sich.

«Linksabbieger müssen doch immer länger warten.»

Pablo hebt die Schultern. Wieder schweigen sie für Momente. Der Verkehr vor ihnen ist dicht; sie müssen sich dem allgemeinen Tempo anpassen.

«Weißt du noch, wie wir zum ersten Mal zusammen weggefahren sind?» Pascal kontrolliert den Rückspiegel. «Damals hatte ich den weißen 325i. Wir wollten ins Freibad, doch unterwegs fiel dir auf, dass du deinen Bikini vergessen hattest.»

«Du bist dann gegen meinen Willen zu so einem Steinbruch gefahren und wolltest da nackt baden gehen.»

«Du hast dich geweigert, aus dem Auto zu steigen. Da bin ich auch sitzen geblieben. Und wir haben uns geküsst.»

«Du hast mich geküsst.»

Schalkhaft lächelnd legt Pablo eine Hand hinter Rafas Nacken auf den Beifahrersitz. Mit einem Auge nach vorn schielend beugt er sich zu ihr rüber und spitzt die Lippen.

XXIII

Aber ist das die wahre Liebe, im Rektum?

Hinter dem Schuppen, zum Teil schon im Wald, liegen alte Küchenschränke und vereinzelte andere Möbel verstreut. Die Einrichtung stammt aus den Sechzigerjahren, die Einbauschränke sind aus weiß beschichteten Spanplatten, die Metallrohrstühle haben Polster mit rotem Kunststoffüberzug. Die meisten Sachen sind noch heil, nur hie und da ist das Furnier gesprungen, und der Spankuchen quillt dunkel hervor. Bei einem Stuhl hängt vergrautes Schaumgummi laff aus einem Spalt im Bezug. Am Fuß einer Eiche steht Pers Terrarium, am nächsten Baum lehnt ein fast mannshoher Spiegel und zeigt ein Stück des sonnigen Himmels und des Waldes. Das Geräusch, das Per hergelockt hat, wiederholt sich nicht; es ist still. Per schleicht sich an den Haufen heran, als spielte er in einem Indianerfilm mit. Zwischen dem Blattwerk im Spiegel taucht kurz das Gesicht des Jungen auf, der im Nussbaum saß, sein weißblonder Schopf und seine gleichmütigen wasserhellen Augen. Per hält inne und wartet, bis das Gesicht wieder verschwunden ist. Dann schleicht er sich weiter an den Wald heran. Sein rosa Trikotärmel blitzt im Spiegel auf, bevor er, auf Händen und Füßen krabbelnd, ebenfalls im keimenden Grün verschwindet.

Im Wald lehnt, mit einem Seil lose an einen Baumstamm gebunden, eine Schaufensterpuppe. Es handelt sich um eine unbekleidete Frauenpuppe mit kurzen, kastanienbraunen Haaren, ohne Lid- und Lippenzeichnung. Der Junge kniet vor ihr auf dem Waldboden und streichelt langsam mit der Hand ihren künstlichen Schenkel hoch. Mit der Linken reibt er durch die Trainingshose sein Glied.

«Mach, die Beine – breit!», stammelt der Junge und rutscht auf die Puppe zu. Er fasst ihre Fesseln und dreht die Beine in den Gelenken. Die Puppe sackt nach vorn und fällt ins Seil. Der Junge presst sein Gesicht zwischen ihre Beine. Langsam steht er auf und drückt sich an sie. Mit einem matten Geräusch klackt ihr Körper gegen den Stamm.

«Schöne, Fotze. Schön nass.»

Er spricht abgehackt. Seine Hände drücken den Busen der Puppe, er küsst jetzt ihren Mund und versucht dabei erst mit der rechten, dann mit der linken Hand ihre Arme nach oben zu bewegen. Irgendwann stehen sie steif unter seinen Oberarmen durchgesteckt in die Luft.

«Ich, fickdichfickdich.» Diese Worte kommen sehr schnell. «In 'n – Arsch.»

An dieser Stelle muss Per kichern. Der Junge erschrickt, er will weglaufen, verheddert sich aber in den Puppenarmen, und Per ist bei ihm und hält ihn fest, bevor er sich in die Büsche machen kann.

«Robert! Was machst du denn da?»

Robert ist errötet, er schaut zu Boden, traut sich aber nicht mehr wegzulaufen. Per packt die Puppe an den Haaren und zieht sie zu sich. Er gibt ihr einen schmatzenden Kuss auf den Mund und lässt sie dann wieder vornüberfallen.

«'ne richtige Frau ist besser. Na, jetzt bind sie mal los, und leg sie zurück auf den Sperrmüll.»

Robert schaut ihn an.

«Ich hab dir gesagt, du kannst dir nehmen, was du brauchst, das gilt nach wie vor. Aber die Puppe lässt du bitte liegen. Kapiert? Nicht – die – Puppe.»

Der Junge schaut wieder zu Boden. Er stellt die Fußspitze auf und bohrt mit dem Absatz seines Gummistiefels eine Kuhle in den Boden. Jetzt streckt er die Hand aus. Sie hält eine kleine Feder mit blau-schwarzen Streifen an der Seite.

«Die – lag da», sagt er und zeigt auf den Sperrmüll.

«Schöne Feder», sagt Per. «Von welchem Vogel kann die sein?»

«Ei-chel Häher.»

«Bist du sicher? Sind die nicht grau-braun?»

Robert steckt die Feder in die Jackentasche. Es entsteht eine kleine Pause, in der beide schweigen.

«Keine Angst», sagt Per schließlich. «Ich verrate dich nicht. Vorausgesetzt, du hilfst mir ein bisschen. Komm mal mit!»

Robert schüttelt kaum merklich den Kopf. Er blickt wieder zu Boden.

«Na, komm. Du hast doch sowieso nichts zu tun.»

Per winkt ab. «Es war so ein blöder Nix-klappt-Morgen, der damit anfängt, dass man sich beim Rasieren schneidet. So ähnlich muss Robert sich auch gefühlt haben.» — «Peng, Rumpel …» Er lacht. «Wer konnte nur so viel Lärm gemacht haben? Rafa und Pascal waren es jedenfalls nicht. Ich hatte eine andere Vorstellung.» Er steht auf und beginnt hin und her zu laufen. «Also, zum Beweis dass ich nicht nur an Inita gedacht habe: Vor ein paar Wochen habe ich in einem Schaufenster in G…bach ein Mädchen gesehen. Die dekorierte gerade um. Wie sie sich so vorbeugte und hin und her drehte, konnte ich sie von allen Seiten betrachten. Sie trug eine tief ausgeschnittene Bluse, so ein runder Ausschnitt, und der Spalt zwischen ihren Brüsten war unheimlich tief. Dann trug sie diese enge Hose. Sie bemerkte mich gar nicht und schien auch nicht damit zu rechnen, dass ihr überhaupt jemand zuschauen könnte. Als wäre zwischen uns eine Wand und keine Scheibe. Ich habe mir vorgestellt, dass sie es ist, die draußen rumort, sie will etwas klauen … ich ertappe sie … um nicht bestraft zu werden, bietet sie mir ihren Körper an. – Aber sie hatte kein Gesicht, in meiner Vorstellung hatte sie kein Gesicht … Natürlich habe ich nicht im Ernst geglaubt, dass sie es ist.» — «Eine willkommene Ablenkung, ja. Ich sehe es schon so, dass ich mich um Robert gekümmert habe. Der langweilt sich hier doch zu Tode.» — «Wieso, ich hab ihm doch die ganze Zeit vermittelt, dass es menschlich ist, was er da … angestellt hat.» Per lacht auf.

XXIV

In the temple of love you hide together
Believing pain and fear outside

«Ich kann es immer noch nicht glauben.»

Rafa hält Pablos Hand. Sie sitzen sich gegenüber an einem weißen Resopaltisch mit umlaufendem fetten Metallkantenschutz, beide auf einer roten Kunstlederbank. Hinter dem langen Tresen des Diners steht ein etwa 50-jähriger Mann im türkisblauen Kittel und mit einem weißen Schiffchen auf dem Kopf, der mit einer Buffet-Kaffeemaschine hantiert. Ansonsten ist *Slake's Pit* menschenleer. Pablo trinkt aus einem großen Becher Kaffee.

«Ja», erwidert er, «es ist der helle Wahn. Ich hatte *Slake's* völlig vergessen. Aber wenn ich diesen Kaffee trinke», er verzieht das Gesicht, «erinnere ich mich sofort wieder.»

Rafa lacht.

«Frrree Rrrrefill, brrrr, in original amerikanischer Qualität. Es hat sich wirklich nichts geändert. Schau dir Slake an.»

«Er sieht genauso alt aus wie früher.»

«Dasselbe entnervte Gesicht –»

«– dieselbe Musik,»

«die er selbst auflegt, weil angeblich die Musikbox kaputt ist –«

«– und wie früher sind keine Leute da.»

«Wie hat er nur all die Jahre durchgehalten?»

«Mir kommt es so vor, als hätte er extra für uns noch mal aufgemacht. Welche Macht hat uns hierher geführt?»

«Ein komischer Zufall … aber schön!»

«Und wie damals können wir sicher sein, dass uns hier niemand stört.»

«Böses Amerika.»

«Böse, böse. Schlechtes Essen, keine Kultur.»

«Ganz schlimmer Präsident ...»

«Mit denen wollen wir nichts zu tun haben.»

Sie lachen übermütig.

Norman Slake kommt mit der Kaffeekanne. Rafa lässt sich nachschenken, Pablo lehnt ab, indem er zwei Finger über den Rand seines Bechers wischen lässt.

«Erinnerst du dich noch, wie wir es gefunden haben?»

«Ich erinnere mich sehr gut.» Rafa gibt eine Prise Zucker auf einen Löffel und versenkt ihn in ihrem Kaffee.

«Es war nach unserer ersten Nacht. Wir sind in der Gegend rumgefahren, eigentlich ganz wie heute ...»

«Es war nicht unsere erste Nacht.»

«Die erste, die zählt.»

«Ihr seid alle gleich.»

Es klingt eher zärtlich, wie Rafa das sagt.

«Du hattest schlechte Laune, weil – soll ich dich lieber nicht daran erinnern?»

«Du musst mich nicht daran erinnern. Ich hatte Angst, dass ich schwanger sein könnte. Du Schuft hast noch gelacht. Es war das erste und letzte Mal, dass ich so unvorsichtig war.»

«Ich habe nur gesagt, ich kann zur Not auf deinen Bauch springen.»

Slake bringt das Frühstück. Rafa hat *pancakes* bestellt, die vor Sirup nur so triefen. Pablo isst *scrambled eggs*. Rafa schneidet ein winziges Stück Pfannkuchen ab.

«Du hättest das wirklich getan.»

«Klar hätte ich es gemacht.» Pablo stochert nach den

festeren Bestandteilen seines Rühreis. «Ich war total verliebt in dich. Ich glaube, du hast das gar nicht so mitbekommen.»

«O doch! Aber hast du mitbekommen –»

«– dass du dich mehr für Per interessiertest? Allerdings.»

«Per war zu der Zeit noch gar nicht aktuell. Ich habe mich sehr zu dir hingezogen gefühlt.»

«Hingezogen.» Pablo angelt nach Rafas Teller und stiehlt ihr einen Pfannkuchen. Sie protestiert lachend und versucht, sich ihr Essen wiederzuholen. Es kommt zu einer kleinen Rangelei. Sie endet damit, dass die beiden ihre Hände festhalten und innig streicheln. Rafas Augen glänzen, die von Pablo hinter der Sonnenbrille womöglich auch. Sie sprechen lange nichts. In ihren Mündern sammelt sich Speichel. Pablo schiebt seinen Teller weg.

«Sag mal –», er zögert lange, «Per weiß bis heute nicht, was damals los war, hab ich recht? Er denkt, er hat sich deine Liebe erobert. Er war der bessere, oder so was.»

Rafa senkt den Blick.

«Er weiß nicht mal, dass wir was miteinander hatten. Du kennst Per. Seine Eifersucht hätte alles zerstört.»

«Er glaubt, wir haben immer nur Händchen gehalten?»

Pablo denkt über irgendetwas nach. Ein feines Lächeln zeigt sich auf seinem Gesicht.

«Ich weiß nicht, was er glaubt. Er weiß nichts. Er hat mitgekriegt, wie wir damals auf Ricos Fete rumgemacht haben. Das ist alles.»

«Wieso wolltest du eigentlich nicht, dass ich ihm von meinem Kreuzfahrtgewinn erzähle?»

Rafa senkt die Stimme.

«Ich hab ihm gesagt, du wärst betrunken bei der Beerdigung meines Vaters aufgetaucht und hättest dich schlecht benommen.» Sie flüstert fast. «Und ... dass ich dir verboten hätte, mich wiederzusehen.»

Pablo hat seine MercedesCard aus der Hemdtasche gezogen und winkt damit in Richtung Tresen.

«Das hätte ich dir gar nicht zugetraut», sagt er. «Ich frage mich immer mehr, was für eine Beziehung ihr eigentlich habt.»

«Ich hab dir gestern schon gesagt: Das geht dich nichts an.»

Rafa schaut ins Leere. Pascal verschränkt die Hände vor der Brust und schaut demonstrativ zum Fenster raus.

«Bist du jetzt sauer?», fragt sie besorgt.

«Verjährt», antwortet er großzügig. «Schau, wie die Sonne durch die Scheiben scheint. Slake, lass Luft rein! Deine Bude ist total vermieft. Ist sowieso kein richtiger Diner.»

«Was ist denn ein richtiger Diner?», ruft der Amerikaner lachend zurück. «Da streiten sich selbst die US-Bürger. Die einen setzen bei einem Diner schlicht nur 24-h-Breakfast voraus. Andere bestehen darauf, dass es Hausmannskost und eine Jukebox gibt. Wieder andere verlangen Edelstahl-Äußeres, Neonreklamen und das typische Diner-Mobiliar mit roten Kunstleder-Sitzecken und plastikbeschichteten Tischen.»

«Dabei waren seine Anfänge sehr bescheiden: Ein Walter Scott aus Rhode Island kam 1872 als Erster auf die Idee –»

«Jetzt komm schon», drängelt Rafa von der bereits offenen Tür her.

Rafa: «Es ist so lange her, ich weiß es gar nicht mehr genau. Ich habe Per und Pascal ja gleichzeitig kennen gelernt. Man konnte sie nur gleichzeitig kennen lernen. Per war von Anfang an hinter mir her. Er hat meine Schnürsenkel mal an einer Hörsaalbank festgebunden. Als ich nach der Vorlesung aufstehen wollte, konnte ich meine Füße nicht bewegen. – Doch, ich fand das witzig. Er war damals ein ganz schön verrückter Kerl. Und Pascal ... hat mir eben auch gefallen. So was kommt doch häufiger vor. Ich wusste praktisch einen ganzen Sommer lang nicht, wie ich mich entscheiden sollte. Da war Per mit seinem warmen Humor und seinem Verständnis. Auf der anderen Seite Pascal: sprunghaft, leichtlebig, aber eben viel dynamischer. Wenn ich mit Pascal zusammen war, erschien mir Per plötzlich wie ein Klotz, so steif und schwer ... und massig auch. Pascal hat ihn ganz geschickt ausgebootet. So seh ich das heute. Aber dann kam die Kreuzfahrt, die er gewann, und er war einfach weg.» — «Nein, das war nicht möglich. Ich hätte nicht mitfahren können.» — «Per und ich hatten erst spät eine feste Beziehung. Wir sind ganz allmählich zusammengewachsen und – wir haben lange nicht miteinander geschlafen. Ich wollte das nicht.» Sie setzt sich zurecht. — «Nein. Ja, Gott, geprickelt hat es an dem Samstagmorgen schon. Aber im Unterschied zu Per bin ich gerade nicht der Meinung, dass sich fünfzehn Jahre einfach in Luft auflösen lassen. So einen Schwachsinn habe ich noch selten gehört. Und dann ausgerechnet von meinem Freund.» — «Nein, ich wollte ganz sicher nicht an früher anknüpfen.» Sie nimmt eine neue Zigarette aus dem Etui.

Pascal sitzt in seinem Auto. Er schaut durchs offene Seitenfenster: «Ok, ganz kurz. Ich muss nämlich los. Und das hier finde ich auch blöd, du wirst damit gar nichts rausfinden, falls du das willst. Rafa war im Grunde schon damals ziem-

lich ausgebufft. Ich war in sie verliebt, ja, meinetwegen – ich würde sagen, ich bin auf sie abgefahren. Wenn wir zusammen waren, hat sie mir einerseits immer signalisiert, dass sie will, andererseits hat sie keine Gelegenheit ausgelassen, mir zu erzählen, wie toll sie Per findet. Und hat ja auch recht gehabt. Per war immer der solidere, seriösere. Das war es, was sie letztlich suchte. Bitte, sie hat es bekommen. – Was wollte ich sagen? Genau. Bei Per hat sie es garantiert genauso gemacht, dass sie ihm dauernd von mir vorgeschwärmt hat. So hat sie uns immer mehr aufgestachelt.» — «Per und ich haben nicht darüber geredet, bis auf die Auseinandersetzung damals am See. Die hätte dann ja auch fast tödlich geendet. Also ganz sicher hat Rafa das allein und für sich entschieden. Keiner von uns hätte sie da groß beeinflussen können.» — «Hab ich doch schon gesagt. Ich fahr immer noch auf sie ab. So war das auch Samstagmorgen. Ich habe eigentlich immer einen Vorteil daraus gezogen, wenn ich die Dinge laufen ließ. Ich glaube, diese blöde Geschichte mit Rafa ist die einzige Ausnahme. – Natürlich pisst es mich an, dass Rafa nicht mehr mit mir redet. Per auch. Sie sind, sie waren schließlich meine Freunde. – Joder!» Er lässt den Motor an.

XXV

I can't see anything at all, all I see is me
that's clear enough
and that's what's important, to see me

Verkrampft und immer noch rot steht Robert bei Per in Rafas unrenoviertem Zimmer. Die Sonne scheint nicht durch die Fenster, trotzdem wirkt der Raum licht. An den Wänden bilden helle Rechtecke in der silbrigen Ornamenttapete die Anordnung nicht mehr vorhandener Möbel ab. An einer Stelle steht in energischen schwarzen Lettern: DUMME KUH. Auf dem abgetretenen Dielenboden liegt ein extrabreiter Edding. Per stellt sich vor die Schrift. Robert ist in der Tür stehen geblieben und starrt auf die Wand.

«Das wird Rafaelas Zimmer.» Per deutet mit der Hand umher. «Ich muss es noch fertig machen. Tapezieren und so, verstehst du.»

Er schaut flüchtig über seine Schulter und geht einen halben Schritt nach links.

«Hier ist noch alles so, wie ich es übernommen habe. Wie es war, als die alten Leute noch lebten. Kannst du dich an sie erinnern?»

Robert schüttelt den Kopf. Per deutet wieder in den Raum.

«Rafaela wird bald hier einziehen.»

«Ist, deine Frau, da?»

«Rafa? Ja. – Nein. Sie ist nicht meine Frau. Wir sind nicht verheiratet, weißt du? Sie ist meine Lebens-, meine Freundin. Sie ist meine Freundin. Nicht meine Frau. – Wie wirkt das Zimmer auf dich, was hältst du davon? Gefällt es dir?»

«Die Möbel, fehlen», sagt Robert.

Per lacht. Er öffnet ein Fenster. Sofort fliegt eine Biene herein und lässt sich nicht wieder vertreiben.

«Du bist ja nicht blöd», sagt er zu Robert. «Ich weiß noch nicht, wie ich es einrichten soll. Wie würdest du es machen? Was würdest du reinstellen? Außer einem Bett und einer Lampe vielleicht?»

Der Junge hat sich nach dem Filzstift gebückt. Staunend zieht er die Kappe ab.

«Mann, ist der – breit.»

«Wenn du willst, darfst du was auf die Wände malen. Du kannst den Edding auch haben. – Sag, was würdest du hier reinstellen? Was braucht man deiner Meinung nach?»

Robert steckt den Stift ein. Er schaut zu dem geschlossenen Fenster, dann zu dem offenen.

«Eine Strick Leiter», sagt er.

«Strickleiter?» Per hebt die Brauen. «Ja, warum nicht. Eine Strickleiter. Strickleiter – Damit könnte man heimlich nachts aus dem Fenster klettern.»

«Ich – bin nicht so, fix», sagt der Junge, «du fragst besser, jemand anderen.»

Unter dem offenen Fenster steht die Naht zwischen zwei Tapetenbahnen offen. Per greift hinein und zieht. Ein großes Stück Tapete löst sich *ritsch* von der Wand. Per betrachtet die Rückseite des losgerissenen Stücks, als läse er etwas.

«Vielleicht wäre es besser, gar keine Häuser zu bauen», liest er. «Vielleicht sollten die Menschen draußen leben. Wie die Tiere. Wie die Eichelhäher zum Beispiel. Nur ein Nest für die Brut bauen. Fertig. Vielleicht wären wir besser Tiere.»

Robert hat den Filzstift wieder aus der Tasche geholt und dreht ihn in den Händen, löst die Kappe und steckt sie wieder auf. Das kleine *Klick* scheint ihm zu gefallen, denn er wiederholt den Vorgang mehrmals.

«Vielleicht kommt sie auch nicht zurück. Rafa ist heute Morgen mit einem anderen Mann abgehauen. Sie haben mein Auto genommen und sind weggefahren. Wie findest du das?»

Der Junge antwortet nicht. Er hört nur auf, mit der Eddingkappe zu spielen.

«Ich sag dir, wie ich das finde: beschissen. Sie hat mir weh getan. Wir sind seit fünfzehn Jahren zusammen. So lange bist du nicht mal auf der Welt. Da geht man doch nicht weg, nur weil man sich ein bisschen geärgert hat.»

Beim nächsten Ruck löst sich eine ganze Bahn bis zur Decke. Das Papier ist steif und morsch, es rollt sich nicht zusammen, sondern knickt bloß an einigen Stellen.

«Eigentlich würde ich sagen, Rafa kommt bald wieder. Sie kühlt sich ab und kommt dann zurück – vielleicht reden wir noch mal drüber – ich gebe ihr recht – das war's. Aber vielleicht täusche ich mich. Schließlich hätte ich auch nicht gedacht, dass sie einfach gehen würde. Sie hat den Rucksack mit ihren Sachen mitgenommen.»

Robert knibbelt an der Tapete. Er zieht, bekommt nur einen schmalen Streifen los, unter dem sich die braune Makulatur zeigt.

«Hier ist sie noch zu fest, wir müssen sie zuerst einweichen. Versuch's mal dahinten. Da steht sie eh schon von der Wand ab.»

Per zeigt in eine Ecke des Zimmers.

«Rufst du sie – an?», fragt der Junge plötzlich.

«Du bist tatsächlich nicht dumm. Das wäre vernünftig, was? Leider finde ich mein Handy nicht. Vielleicht ist es mir gestern Nacht aus der Tasche gerutscht. Womöglich will ich es nicht finden. Im Grunde will ich sie nämlich nicht anrufen. Ich finde, *sie* sollte sich melden.»

Wieder gelingt es Per, eine halbe Bahn auf einmal abzuziehen.

«Keine weitere Lage. Es waren ordentliche alte Leute.» Er seufzt. «Für wen tu ich das bloß?»

Während er das steife Papier zusammenknickt, läuft die helle Spur eines neuen Gedankens über Pers Gesicht.

«Ich muss noch mal raus. Du kannst weitermachen, ich bin gleich wieder da.»

In der Tür dreht er sich noch mal um.

«Warst du eigentlich schon mal verliebt? Gibt es ein Mädchen, für das du schwärmst? Oder hältst du dich lieber gleich an Puppen?»

Robert schaut zu Boden. Er schüttelt energisch den Kopf, sein beinah weißes Haar fliegt hin und her. Per nickt.

«Von der Liebe verstehst du noch nichts. Soll ich dir was verraten? Ich bin jetzt 40 Jahre alt und habe just das Gefühl, auch nichts davon zu verstehen. Komisch, was?»

«Darf ich, gehen?»

«Nein, bleib noch da. Wenn wir fertig sind, darfst du mit meiner Playstation spielen.»

XXVI

Ich gehe von der einen
zur anderen Blume, sie sind berauscht,
es sind geschlechtlich
berauschte Blumen

«Früher bist du nicht so lahm gefahren.»

«Wie willst du denn bei diesem Verkehr schneller fahren? Zeig mir das mal, bitte.»

Pablo hat sich nicht auf Rafas neckenden Ton eingelassen, sondern sie ernst genommen. Er fährt noch dichter auf den Wagen vor ihm auf und betätigt die Lichthupe. Der Vordermann fädelt nach rechts ein, doch nach wenigen Metern hängen sie hinter dem nächsten Pkw fest. Ein Schild taucht auf.

«Hoffentlich ist auf der anderen Autobahn weniger los.»

Rafa hat sich wieder in das Begleitheft der Janet-Jackson-CD vertieft.

«Lernst du die Songs auswendig?»

«Quatsch.»

«Wir hören die CD jetzt schon zum zweiten Mal.»

«Es ist immer noch das Beste, was wir dabeihaben. Hast du mal auf die Texte geachtet? Die sind unglaublich. Hier: ‹Life was so bitter-sweet.›» Rafa liest sehr sachlich vor. «Oder hör dir das an: ‹Back on the road again, feeling kind of lonely and looking for the right guy, to be mine.›»

«Der Wagen zieht nach links.» Pablo hat die Hände vom Lenkrad genommen, greift aber schnell wieder zu und korrigiert den Kurs. «Also ich finde diese Texte –, Shit, schau dir den an!»

Ein alter Fiat Panda fädelt vor ihm auf die linke Spur und zwingt ihn zu bremsen. Wieder fährt er sehr dicht auf und lässt die Lichthupe blinken.

«Du fährst ziemlich aggressiv.»

«Vorhin war ich dir zu lahm.»

Pablo lässt den Mercedes zurückfallen. Das Gespräch stockt einen Moment lang.

«Gefällt sie dir eigentlich?» Rafa hält das Begleitheft hoch. Er schaut flüchtig darauf.

«Ich muss auf die Straße gucken. Beschreib sie mir.»

«Spanner!» Über ihr Gesicht huscht ein Lächeln. «Na, gut. Sie – hm, womit fang ich an?» Rafa betrachtet das Bild. «Sie hat lange braune Haare, leicht gelockt. Über der Stirn türmen sie sich auf, bis über den Bildrand; es müssen viele Haare sein. Sie sitzt auf dem Fußboden, halb aufrecht und auf die Arme gestützt, und hat den Kopf zur Seite geneigt. Sie ist wunderschön.»

«Was hat sie an?»

«So weit bin ich noch nicht. – Sie lächelt. Sie hat einen großen Mund und superweiße Zähne. Die Nase ist klein, die Nasenflügel sind ein bisschen breit. Sie hat dunkle, glänzende Augen und hohe starke Augenbrauen. Sie wirkt sehr offen.»

«Sie sieht dir ähnlich, hm?»

«Du weißt genau, dass das nicht wahr ist.»

«Mach weiter.»

«Sie hat schöne braune Haut. Samtig und glatt. Sie trägt ein schwarzes, tief dekolletiertes Kleid, das an einen Unterrock erinnert. Der Saum ist aus Spitze, darunter sieht man einen großen Teil ihrer rechten Brust.»

«Inzwischen hat sie sogar ihren gepiercten Nippel gezeigt», unterbricht Pablo. «Vor Millionen TV-Zuschauern.»

«An den Beinen trägt sie durchscheinende schwarze Strümpfe. Nur ein kleines Stück ihrer Oberschenkel ist sichtbar. Die Träger des Kleids sind mit Rüschenblumen verziert. Sie sieht aus wie ein afrikanisches Schneewittchen. Nur reifer. Soll ich dir etwa auch ihre Titten beschreiben?»

Aus dem offenen Dach des Pandas fliegt eine Tuborgdose auf die Fahrbahn. Pablo überfährt sie. Ein kaum hörbares Geräusch, als sie zusammengepresst wird.

«Ihre Brüste sehen ordinär aus. Oder besser gesagt: Sie sind ordinär in Szene gesetzt. Sie machen den Eindruck, dass sie ziemlich groß und schwer sind. Unschön finde ich, dass die linke Brust am Ansatz schmaler wirkt und nach unten hin voller wird. Das sieht so nach Schwerkraft aus. Was denkst du?»

Pablo schielt rüber, doch Rafa hält das Heft so, dass er nichts sehen kann. Er überlegt. Janet singt: «Baby would you mind undressing me, making me feel sexy.»

«Das Problem bei solchen Brüsten ist, dass sie wahrscheinlich hängen. Ist sie nicht auch schon vierzig?»

«Du kennst dich aus, was?»

«Stimmt doch.» Pablo mault. «Du hast es selbst gesagt. Man sieht schon, wie sie zu Boden wollen.»

«Und findest du es schlimm?»

«Was?»

«Na, Hängebusen.»

«Naja.» Pablo schaut zu Rafa rüber. Sie verzieht keine Miene.

«Also schöner sind sie, wenn sie stehen. Das musst du zugeben, oder? Ich wette, dein Busen wird noch nicht hängen, wenn du fünfzig bist. Besser so als groß. Das wollte ich –, das ist –, du z-ziehst mich auf, oder?»

Grinsend nimmt Rafa eine Handtasche in der Farbe ihrer Hose aus dem Rucksack im Fußraum und legt sie auf ihren Schenkeln ab. Dann drückt sie einen Knopf am Armaturenbrett. Nichts passiert.

«Das Schiebedach geht nur auf, wenn der Wagen steht», sagt Pablo. «Sonst würden wir jetzt abheben.»

«Schade.»

Sie stemmt die Arme unters Dach des Coupés und streckt sich.

«Ach, schön. Ich war schon ewig nicht mehr so entspannt. Versprichst du mir, dass wir nur Spaß haben werden heute? So einen richtig schönen Tag?»

Sie legt eine Hand auf Pablos Oberschenkel.

«Klar!» Er zieht die Brauen zusammen. «Jedenfalls,

wenn die Karre nicht verreckt. Hörst du das? Dieses Pfeifen? Das ist neu.»

Rafa seufzt.

«In mancher Hinsicht bist du wie Per. Der hört beim Fahren auch dauernd Geräusche. Es wird schon nichts passieren.»

Pablo ordnet sich ein, um den Abzweig zur nächsten Autobahn zu nehmen. Auf der rechten Spur fließt der Verkehr noch zäher.

«Ich versuche mir gerade vorzustellen, wie es wäre, wenn wir schon seit fünfzehn Jahren zusammen wären. Würden wir uns noch lieben?»

«Hätten wir Hämorrhoiden?»

Rafa ignoriert Pablos Flachserei.

«Mir kommt es gar nicht so vor, als ob all diese Zeit vergangen wäre. Es ist eher, als würden wir da vorn auf die andere Autobahn abbiegen und wären plötzlich wieder fünfundzwanzig. Das ist ein schönes Gefühl.»

«Ja», sagt Pablo. «Wenn die andere Autobahn nicht so verstopft ist wie diese, wird es noch schöner.»

«Meine Gefühle sind frisch und heftig wie die eines Mädchens.»

«Ja.»

«Ich dachte, das wäre für immer vorbei.»

«Ja.»

«Sag nicht immer nur Ja. Wie fühlst du dich denn?»

Sie zwickt Pablo ins Bein. Der starrt entgeistert in den Rückspiegel.

«Mann, was war das denn? Hast du das gesehen? Dreh dich mal um. Schnell. Da fährt einer mit dem Fahrrad auf der Autobahn. Kannst du den noch sehen? Mit so einem rosa Telekom-Hemd. Ich glaub's nicht!»

Rafa dreht sich um. Auf dem weißen Strich, der die

Fahrspur vom Standstreifen trennt, ist ein Radrennfahrer zu sehen. Sein Gesicht ist mit einer gelb getönten Brille maskiert. Durch den Unterschied in der Geschwindigkeit wird die Gestalt schnell in die Tiefe des Horizonts gesaugt. Rafa kichert.

«Der sah aus wie Per. Aber das kann nicht sein, Per mit dem, mit dem, hihihi, Fahrrad auf der Autobahn? Nein.»

Pablo stimmt in ihr Lachen ein. Er gibt Gas. Die Straße vor ihnen ist frei.

Rafa: «Ehrlich gesagt war ich von mir selbst überrascht. Das war Teil meiner –, meines Übermutes vielleicht auch. Zugegeben, es gab diesen kurzen Moment, in dem ich dachte, es könnte sein wie früher. Vielleicht war Slake's Pit da auch ein Auslöser; da hat uns ja ein echt gemeiner Zufall hingeführt. An Per habe ich überhaupt nicht gedacht, weder an seine blöden Bemerkungen vom Vorabend noch daran, dass wir fünfzehn Jahre zusammen waren. Das ist auch der einzige Punkt bei der ganzen Geschichte, der mir selbst zu denken gibt: Warum habe ich mich an dem Samstagmorgen so gefühlt? Das war mehr als ein Reflex auf Pascals Anbaggerei oder Pers Zynismus. Genau deshalb frage ich mich bis heute, ob ich damals nicht doch die falsche Entscheidung getroffen habe.» Sie seufzt. — «Nein, Verliebtheit ist ein viel zu starkes Wort für diese Laune.» — «Ach, Pascal. Ich weiß, dass er die Existenz von Liebe seit jeher leugnet. Das ist so seine Art, wie er sich schützen will. Panzern. War es darum dumm, ihn nach seinen Gefühlen zu fragen? – Es hätte ja auch mal eine Überraschung geben können.»

XXVII

Mit geschlossenen Augen merken Sie kaum einen Unterschied zwischen Lyra und einer echten Frau.

Laute Wagnermusik schallt durchs Haus. Per steht am Fensterbrett und gießt Cola in zwei Gläser. Robert reißt energisch hie und da an der Tapete. Auf einem Haufen Reste sitzt die Schaufensterpuppe, die er vorhin am Baum festgebunden hatte. In ihren Haaren hängen Halme, die Hände sind mit dunkler Erde beschmutzt. Es sieht aus, als wäre sie über den Boden geschleift worden. Neben ihr ein blauer Plastikeimer, aus dem ein Quast hervorschaut. Per summt hie und da mit, verliert aber immer wieder schnell die Melodie. Er reicht Robert ein Glas.

«Mach mal Pause, kleiner Berserker.»

Robert nimmt das Glas.

«Danke, schön.»

«Bitte, schön.»

Robert verzieht weinerlich das Gesicht.

«Na, jetzt schäm dich doch nicht. Soll ich dir was sagen? Ich habe auch mal gestottert. Mehr als du.»

«Ich – stotter, nicht. Es heißt, anders.»

Per trinkt sein Glas in einem Zug halb leer.

«Wir sind schon ganz schön weit gekommen. Ich werd dir nachher 'nen Zehner geben. Einverstanden? Du kannst dir was für dein Fahrrad kaufen.»

«Mein, Fahr Rad, ist, ist –»

Robert schlägt die Augen nieder.

«Ist was – kaputt?»

Der Junge schüttelt den Kopf.

«Es ist, er – hat, er –»

Wieder verstummt er.

«Wer?»

Pause.

«Warte. Etwa Pascal?»

Robert nickt kaum merklich. Per dringt weiter in ihn.

«Was ist passiert, was hat er gemacht? Erzähl es mir. Vielleicht kann ich dir helfen.»

Robert berichtet umständlich und nicht immer leicht nachvollziehbar, wie Pascal sein Fahrrad entwendet hat.

«Wie gemein!», ruft Per aus. «Dem werde ich was erzählen, wenn er noch mal hier auftaucht.»

Robert reißt die Augen auf.

«Keine Angst. Ich sag nicht, dass ich es von dir weiß. Was hältst du davon: Mir stiehlt er das Auto und dir das Fahrrad ...»

«Das ist, nicht – recht.»

«Gar nicht recht», bestätigt Per. Er denkt nach. «Hast du denn schon nach deinem Rad gesucht? Ich wette, er hat es nicht mitgenommen, sondern irgendwo hingeworfen. Such mal den Straßengraben ab, wenn du nachher rausgehst. Machst du das?»

Der Junge nickt.

«Aber nicht jetzt.»

Beim Öffnen zischt die Colaflasche nur matt.

«Magst du noch?»

«N-nein. Danke.»

Per schenkt sich nach und trinkt das Glas in einem Zug leer.

Per, die Beine übereinander geschlagen, sitzt entspannt da. «Erst mal wollen wir Folgendes festhalten: Robert ist ohne jede Fremdeinwirkung verunglückt. Irgendwo draußen im

Wald. Vielleicht hat ihn ein Fuchs erschreckt ... Gibt es darüber hinaus etwas zu verantworten? Ein bisschen komisch fühle ich mich schon. Schließlich habe ich ihn darauf gebracht, sein Fahrrad überhaupt zu suchen. Andererseits sage ich mir: Es hätte wirklich jeden Tag passieren können. Mir ist er auch schon so plötzlich vors Auto gefahren, dass ich nur noch mit Mühe bremsen konnte. Von einer Mitschuld kann man da nicht sprechen.»

«Mal sehen, ob die Tapete schon weich genug ist. Ich zeig dir mal, wie das geht.»

Er zieht einen Spachtel aus seiner Hosentasche und beginnt, die durchnässte Tapete abzustoßen. Sie löst sich leicht von der Wand.

«Hier.» Er reicht Robert den Spachtel. «Das kriegst du hin. Ich mach derweil die andere Wand nass.»

Stumm macht der Junge sich an die Arbeit. Per korrigiert ihn noch einmal, dann nimmt er den Quast aus dem Eimer und streicht der Puppe damit über den Oberkörper und zwischen die Beine. Kichernd nässt er anschließend die Wand. Das herabrinnende Wasser läuft und tropft trotz der lauten Musik hörbar über Boden und Tapetenstücke. Unvermittelt beginnt Per, laut mitzusingen:

«Ewig einig –, Ohne End' – Ohn' Erwachen – Ohne Bangen – Namenlos in Lieb umfangen – Ganz uns selbst gegeben, der Liebe nur ... Hast du schon mal was von Tristan und Isolde gehört? Sicher nicht», gibt er selbst die Antwort. «Das ist eine Oper, ein großes Kunstwerk. Mit Musik und mit Sängern, die», er lacht auf, «die man nie versteht. Die Art von Liebe, die Tristan und Isolde verbindet, kann sich nur im Tod erfüllen. So ungefähr. In der Oper geht's meistens nicht gut aus. Irgendein Verhängnis bricht herein, und am Schluss sind die wichtigsten Leute tot. – Nicht so wie bei den Seifenopern heute, wo nie was zu Ende geht. Kapiert?»

«Davon, versteh ich – nichts.»

«Ich denke manchmal auch, es ist völliger Quatsch.»

Robert wirkt unglücklich. Es ist offensichtlich, dass er gehen will. Per nimmt davon keine Notiz. Die Musik wird laut und dramatisch. Robert duckt sich noch mehr als vorher, sein Kopf scheint direkt auf den Schultern zu liegen.

«Jetzt werden sie gleich erwischt. Es darf nämlich niemand wissen, dass sie sich getroffen haben. Isolde ist mit einem anderen verheiratet, und der Moment, in dem sie entdeckt werden, ist natürlich sehr schlimm. *Das* wirst du verstehen, denke ich.»

Per deutet mit dem Kinn auf die Puppe. Robert ballt die Hände zu Fäusten, lässt sie aber seitlich am Körper herabhängen.

«Bring sie – raus», bittet er kleinlaut.

«Wieso denn? Wir haben doch gesagt, das soll ihr Zimmer werden. Wir renovieren es für sie. – Wenn sie erst mal hier wohnt, kannst du sie jederzeit besuchen. Ich halte dicht.»

Roberts Unterlippe zittert. Er ist knallrot.

«Hey, war 'n Spaß. Das Ganze ist doch ein Spaß, ich meine, mit der Puppe. Wir haben alle unsere Macken.»

Per geht zu Robert und boxt ihn freundschaftlich auf den Arm.

XXVIII

Zwischen Daumen und Zeigefinger ist man
sowieso besser dran.

Der Roadster hält auf einem abschüssigen Stück vor einem Plateau, das am Ufer eines kleinen, waldgesäumten Sees aufragt. Der Motor läuft, die Fahrertür steht offen, Pablo hat sich nach draußen geneigt und begutachtet das Gelände.

«Weiter kommen wir mit dem Auto nicht. Es würde aufsetzen.» Pablo lässt den Wagen noch ein paar Zentimeter rollen. Er tippt das Gas an. «Hörst du jetzt das Pfeifen? Das hat er heute Morgen noch nicht gemacht.»

«Vielleicht stellst du ihn einfach ab ...» Rafa streckt sich. «Ich fühle mich, als wäre ich Lichtjahre von Pers Haus entfernt.»

Sie schiebt die Sonnenbrille hoch und schminkt die Lippen nach. Pablo steigt aus und läuft vorn ums Auto. Plötzlich stutzt er. Aus dem unteren Teil des in den Kühlergrill eingelassenen Mercedessterns hängen ein paar Federn, aufgereiht an einem kleinen Flügel. Pablo verzieht das Gesicht. Er fasst die Federn zwischen zwei Finger und zieht. Der Flügel streckt sich. Er zieht fester. Mit einem schabenden Geräusch kommt ein totes Rotschwänzchen zum Vorschein. Der zweite Flügel klebt am Körper des Vogels fest. Pablo beschirmt die Augen und schielt zu Rafa rüber, die ebenfalls ausgestiegen ist und gerade in ihrer Handtasche kramt. Ohne den Arm zu bewegen, lässt er das kleine Tier vor die Stoßstange fallen, schiebt es mit dem Fuß unters Auto und wischt die Hand am Hosenbein ab.

Als er an Rafa vorbeigeht, dreht sie sich schnell so, dass er nicht in ihre Tasche schauen kann. Summend holt er eine Decke aus dem Kofferraum und breitet sie in der Sonne aus. Jetzt lässt er seine Hose mit der schweren Gürtelschnalle fallen und das schon aufgeknöpfte Hemd von den Schultern gleiten. Er trägt nur noch einen knappen roten Slip; von hinten betrachtet scheint er nackt. Rafa schiebt die Sonnenbrille runter und mustert seinen zierlichen, dezent trainierten Körper. Die Gesäßmuskeln versetzen die straff sitzende Haut beim Gehen in sanfte Wellenbewegungen. Mit gemessenen Schritten nähert sich Pablo der Felskante.

Rafa rauchend am Fenster: «Letztendlich nicht. Glaube ich. Es ist einfach nicht mein Ding, dieses Rumgevögel. Aber ich muss zugeben, dass Pascal mir gefallen hat, wie er da an der Kante des Felsplateaus stand, jede Faser seiner Muskeln gespannt...» — «Stimmt. Per hat sich nicht so gut gehalten. Seine Haut ist ... mehr geworden, sie ist einfach nicht mehr so straff, obwohl er zugenommen hat. Aber sind das die Kriterien? Das kommt doch früher oder später auf uns alle zu.» — Sie bläst Rauch aus. «Völlig unmöglich. Ein eindeutiger Akt von Gewalt. Ich konnte das nicht sofort einordnen.» — «Nein, wir sind einfach pervers erzogen. Immer alles verstehen und entschuldigen. – Es hat aber auch deshalb so lang gedauert, weil ... wir früher schon ziemlich wild waren», sie lacht kieksig, «Pascal und ich.» Sie zögert. Nach zwei kurz aufeinander folgenden Zügen an ihrer Gitane, gibt sie sich einen Ruck. «Ok. Verwende das aber bitte nicht, ja! Pascal hat mich damals glücklich gemacht. Er... so!... er konnte mich eben befriedigen.»

Auch Rafa lässt ihre Kleider zu Boden gleiten. Ihr schwarzer swim BH und die Bikinihose mit hohem Beinausschnitt, beide aus maschinenwaschbarem CoolMax, betonen die Blässe ihres straffen dünnen Körpers. Auch bei Rafa verschwindet der Slip zwischen den Backen. Sie legt sich auf den Bauch und hält die Füße in die Luft. Die Ellbogen hat sie aufgestützt. In dieser Haltung treten ihre Oberarmmuskeln hervor. Ihr Blick ruht auf Pablo, der eine Minute lang zögernd an der Felskante steht. Schließlich kommt er zurück.

«Ich hab's mir überlegt. Das Wasser ist zu kalt.»

Er legt sich dicht neben Rafa auf den Rücken. Seinen Oberkörper lässt er aufgestützt. Rafas Kopf spiegelt sich in Pablos sehr dunkel wirkender Sonnenbrille.

«Denkst du eigentlich gar nicht an Inita?»

«Wir wollen uns heute doch nur amüsieren ...»

«Per war heute Nacht für eine Stunde verschwunden. Glaubst du, ich meine, hältst du es für möglich, dass er sich mit Inita getroffen hat? Vielleicht hat sie mit ihm geschlafen und ist dann abgehauen, weil sie uns nicht unter die Augen treten wollte.»

Rafa hat ihre Haltung geändert. Sie sitzt jetzt auf einen Arm gestützt, das Gesicht ihrem Freund zugewandt. Der grinst gelassen.

«Wir sind ja nicht in einem Katastrophenfilm. Nicht hinter jedem Freund muss man einen Rivalen vermuten, nicht hinter jeder Frau die Geliebte des eigenen Mannes.»

«Aber vielleicht steckt hinter jedem Freund einer Frau ein Arschloch? – Blödmann!»

Pablo lacht und wirft ein kleines Stöckchen auf Rafa. Es verheddert sich in ihren Haaren, sie kriegt es nur schwer wieder raus.

«Sag schon! Was denkst du?»

«Inita mit Per? Kann ich mir nicht vorstellen. Sie war doch ziemlich katzig ihm gegenüber.»

«Das könnte auch fürs Gegenteil sprechen. Abgewehrtes Begehren.»

Wieder hat Pablo einen kleinen Zweig in die Hand genommen. Er zerknickt ihn mehrfach zwischen den Fingern, bevor er antwortet.

«Vielleicht hast du recht … Wann war Per weg?»

«Zwischen drei und vier etwa.»

«Kurz vor vier war ich wach. Da war Inita schon nicht mehr im Raum.»

«Ich hätte nicht gedacht, dass er so weit geht», murmelt Rafa. Sie dreht sich auf die Seite und legt eine Hand auf die Hüfte. Eine Zeit lang kaut sie auf dem Stöckchen, das sie aus ihren Haaren gefummelt hat.

Per: «Naja, ‹passiert›. So habe ich gar nicht gedacht. Dass etwas ‹passiert› ist. Es ist auch nichts passiert. Pascal, ok, dem ist einiges zuzutrauen; es war schließlich nicht zu übersehen, wie er Rafa von meiner Seite gedrängt und immer versucht hat, sie zu isolieren. Aber Rafa ist nicht der Typ für eine Affäre. Sie ist so kontrolliert und rational. Und nebenbei auch in erotischer Hinsicht nicht so – wie soll ich sagen – triebhaft. Mir fällt gerade kein besseres Wort ein. Sagen wir: Sie will es nicht allzu oft. Ich habe sie auch noch nie in Ekstase erlebt.» — «Sie sind ein bisschen rumgefahren. Das hat Rafa ja auch gesagt. Offensichtlich ist Pascal ihr schräg gekommen.» Er grinst. «Wollte ihr sicher an die Wäsche. Bei ihm würde ich das sofort vermuten.» — «Blöd fand ich, dass sie heimlich verschwunden sind. Allesamt. Das ist verletzend, wenn man morgens aufwacht und ist plötzlich ganz allein auf der Welt.»

Auch Pascal hat sich auf die Seite gedreht. Sie liegen sich nun gegenüber und schauen sich in die Augen. Ihre Sonnenbrillen sind neben der Decke im Gras gelandet.

«Du hast dich kaum verändert», sagt Rafa. «Dein Körper ist immer noch jugendlich …»

«Gute Pflege, Herr Doktor.»

«Frau, bitte. Sag Frau Doktor zu mir.»

Sie streicht mit einem Finger über seinen straffen Oberarm und weiter die Seite entlang bis an die Kante seines Slips. Pascal räkelt sich.

«Du bist noch schöner geworden, Rafi.»

Sie schüttelt leise den Kopf. Auch Pablo streckt seine Hand aus. Er berührt Rafas Bauch und streichelt ihn in größer werdenden Kreisen. Als er in die Nähe ihrer Brust kommt, schnappt sie seine Hand und drückt sie.

«Muss immer gleich *das* daraus werden?», fragt sie.

«Es liegt in unserer Natur», wispert Pablo. Er versucht, sie zu küssen. Einen Moment lang lässt sie ihn gewähren, dann zieht sie ihren Kopf zurück.

«Nein», sagt sie, «das ist nur eine Einbildung der Männer.»

Rafa dreht sich auf den Rücken. Sie stellt die Füße hüftbreit auseinander auf die Decke und lässt ihre aufragenden Knie langsam hin und her wackeln. Manchmal klappen dabei ihre Schenkel auf und zu. Pablo beobachtet das interessiert.

«Ich mobilisiere mein Kreuzbein», erklärt Rafa.

Erneut beginnt Pablo sie zärtlich zu streicheln, diesmal am Bein. Wieder hält Rafa still, bis er an ihrer Hüfte angekommen ist und die Hand übers Becken auf ihre Muschi zu wandern lässt.

«Wir sind zu alt dafür. Ich meine: zu erwachsen. Lass dich anschauen.»

Daraufhin stellt sich Pablo auf die Knie, sein Körper dicht vor ihr. Er deutet ein paar Posen an. Rafa lässt ihre Blicke über seinen Körper wandern. Seine Erektion ist deutlich zu sehen, kann sich in dem engen Slip jedoch nicht vollständig entfalten. Als sie genug hat, schließt Rafa die Augen. Pablo nutzt die Gelegenheit und küsst sie auf den Mund. Während sie knutschen, schiebt er seine Hand auf ihren Bauch und von dort hoch zu ihrem Busen. Rafa fährt mit den Fingern seinen muskulösen Rücken hinab. Auf der Haut werden weiße Streifen sichtbar. Als sie die langen künstlichen Nägel in seinen Po krallt, stöhnt er leise auf. Pablo flüstert seiner Partnerin etwas ins Ohr und beginnt, ihr die Unterwäsche auszuziehen. Sie hockt sich auf die Knie und streckt das Gesäß raus. Die beiden reiben sich aneinander, jede Bewegung ist energiegeladen. Heftiges Atmen. Mit fester Hand umfasst Pablo plötzlich den Hals seiner Partnerin und fragt gepresst und eindringlich: «Wer, bist du?» Seine Finger quetschen ihre Kehle. «Wer, bist du?» Rafa macht eine geheimnisvolle Miene, kein Zug verrät neben der Leidenschaft eine Antwort auf seine Frage.

«Pascal», röchelt sie, «Pablo. Ich tu so was nicht. Wenn ich wüsste, dass du … dass wir … dieses neue Leben … weit weg von Köln … weit weg von … wenn du mir gesagt hättest, dass du mich … nein, tu das nicht, bitte …»

Sie versucht sein Becken von ihrem wegzuschieben, verharrt aber in ihrer Position. Pablo hat die Augen verdreht. Am Rande des Plateaus tauchen ein paar Radfahrer auf. Sie tragen alle das gleiche Team-Telekom-Shirt und die gleiche gelbe Brille. Die Räder haben sie geschultert. Der Vordere erblickt das Liebespaar und stutzt. Mit dem Finger auf den Lippen dreht er sich zu seinen Kameraden um. Sie verschwinden ebenso leise, wie sie gekommen sind. Am anderen Rand des Plateaus setzt sich der Roadster in Bewegung. Er rollt vollends in den Geländeknick. Ein hässliches Geräusch, als würde er mit dem Boden über einen Felsbrocken schrammen.

«Was hast du?»

Rafa öffnet die Augen. Pablo setzt sich auf die Unterschenkel.

«Du hast wahrscheinlich recht», sagt er. «Wir sind dafür zu alt. Zu erwachsen, meine ich.»

Rafa setzt sich auf. Sie streift die Bluse über und langt nach ihrer Sonnenbrille. Nach einer Weile, in der die beiden sich stumm gegenübersitzen und sich auch nicht anschauen, beginnt sie, ihren Hals zu reiben. Sie keucht jetzt hörbar.

«Spinnst du eigentlich», sagt sie wütend, «mich zu würgen? Was sollte das denn?»

Auch Pablo hat seine Sonnenbrille genommen. Ihre Gesichter sind einander zugewandt. Es ist nicht klar, ob sie sich anschauen. Von weit her ist ein Hubschrauber zu hören.

Pascal sitzt im laufenden Wagen. – «Ich habe ein bisschen fest zugedrückt, nehme ich an. Lässt sich so was erklären? Es lässt sich nicht erklären. Es ist quasi automatisch geschehen. Alles am Weib ist ein Rätsel, kann ich nur sagen.» — «Nein, ob alles eine Lösung hat, weiß ich nicht.»

XXIX

Wenn Sie sich registrieren, erfahren Sie, wenn neue Reiche freigeschaltet werden.

Robert sitzt vor dem Fernseher. Er hat die Steuerung der Playstation auf den Knien, macht aber nichts damit. Vor ihm auf dem Bildschirm läuft eine animierte Kampfszene. Ein Junge in einem abgerissenen T-Shirt mit dunklen zerzausten Haaren, schmalen dunklen Lippen und kantigem schmalen Gesicht steht einem Monster mit grünen kirchenfensterartigen Augen und imposanten Säbelzähnen gegenüber. Das Monster hat einen großen Schild mit Sonnenradzeichnung am linken Arm und eine gefährlich aussehende Waffe mit mehreren spitzen Klingen in der Rechten. Der Junge ist unbewaffnet, nimmt aber eine Kampfhaltung ein. Seine kindlich dünnen Oberarme sind voller Tätowierungen. Er weicht dem Monster mit gewagten Sprüngen aus. Wenn sie sich sehr nahe kommen, zucken helle Kugelblitze zwischen beiden. Nach wenigen Sekunden wechselt die Szene; anstelle der düsteren Halle, in der die Kämpfer standen, sitzt der Junge jetzt auf einem lianenbewachsenen Baumriesen in einem wiederum dunklen Wald. Ein großes Räumfahrzeug mit gigantischem Schild walzt auf ihn zu; die Bäume brechen und fliegen zu beiden Seiten davon. Wieder wechselt die Szene, eine feurig rote, brennende Landschaft gibt nun den Hintergrund ab. In einem düsteren Raum, durch den ebenfalls Flammen züngeln, sitzt festgekettet ein hübsches Mädchen mit großen Kulleraugen. Das Mädchen hat Angst, die Flammen kommen immer näher, sie zieht die Füße an sich. Sie weint. Der Junge fährt mit einem nach komplizierter Technik aussehenden Rad vor einer Feuerwand her, springt dabei mit konzentriertem Blick über Gräben voll glühendem Magma und schmale Felsgrate. Er nähert sich dem Mädchen und scheint ihr etwas zuzuschreien, doch es ist nichts zu hören. Der Ton ist leise gestellt. Robert starrt auf den Bildschirm. Draußen geht eine Maschine an mit einem Geräusch wie von einem Küchengerät oder einer Bohrmaschine; er bewegt nicht mal die Augen. Als Per hinter ihm zur Tür reinkommt, scheint der Junge es nicht zu bemerken. Per hat eine Galeria-Kaufhof-Tüte in der Hand. Am oberen Ende ist sie zusammengezwirbelt.

«Hey, du spielst ja gar nicht», ruft er.

«Schön», sagt Robert.

Per nimmt ihm die Steuerung aus der Hand und bedient ein paar Knöpfe. Der Bildschirm zeigt ein Menü.

«Ich erklär's dir», sagt Per und drückt auf der Steuerung rum. «Du kannst zwischen zwei spielbaren Figuren wählen. Entweder du bist An-Diu, der Waisenjunge, oder sein kluger Begleiter, der gute Dämon Ka-Zuan. – Die Geschichte geht so: An-Diu hat schon als kleiner Junge seine Eltern verloren. Er lebt in einem riesigen Wald voller Gefahren und Monster. Das schrecklichste siehst du gerade: Es heißt Woona-Bros. An-Diu muss ständig um sein Überleben kämpfen. Als einzigen Freund hat er den Walddämon Ka-Zuan. Ka-Zuan ist uralt und kennt den Wald und seine Gefahren genau. Auch in den anderen Welten ist er als Ratgeber, manchmal auch als Kampfgefährte unverzichtbar. Er kann sich zum Beispiel in eine wahnsinnig helle Kugel verwandeln und seine Gegner blenden, oder, was auch toll ist: Er hat Krallen, die lang werden können wie Schwerter. Er kämpft aber nur im äußersten Notfall. An-Diu trifft im Wald auf Ma-Li, die ebenfalls Waise ist. Die beiden schwören, sich nie im Leben mehr zu trennen, doch dann wird Ma-Li von den Bösen im Wald entführt, und An-Diu muss sie retten. Das Spiel verknüpft ein episches Fantasy-Adventure mit gnadenlosen Zweikämpfen. Ist ein Import, bei uns schwer zu bekommen. – Kapierst du, was ich dir erzähle?»

Als Per sich ihm zuwendet, dreht der Junge den Kopf und schaut ihn mit demselben starren Blick an, den er bis dahin auf den Bildschirm gerichtet hatte. Per stellt die Tüte auf dem Boden ab.

«Mit dem Ding», Per hält die Steuerung hoch, «spielst du die Figuren. Schau auf meine Hände. Siehst du? So – Zack. Ha. Hast du gesehen? Na, jetzt musst du auf den Bildschirm gucken.»

«Ich bin zu, langsam», sagt Robert. «Ich – kann das, nicht spielen.»

«Jetzt! Du musst halt aufpassen. Wenn du jetzt nicht – Shit.»

Per drückt wie wild auf der Steuerung rum. Wütend schleudert er sie in Roberts Schoß. Der Junge schaut erschreckt auf.

«Man muss sich konzentrieren. Sonst hat man gleich verloren.» Er nimmt die Plastiktüte. «Ich will dir noch was zeigen. Sind die nicht niedlich?»

Vorsichtig hat er in die Tüte gelangt und ein kleines rot getigertes Kätzchen hervorgezogen. Den Kopf mit schmaler Mundpartie und typisch spitzen Ohren packt er mit den Fingern. Am anderen Ende seiner Hand stehen die hinteren Füße und der sanft buschige Schwanz über.

«Es sind vier Stück. Sie können schon ein bisschen kratzen. – Magst du's streicheln? Oder langweilt dich das, hm? Du wirst auf 'm Bauernhof groß, da kennst du so was.» Per lässt das Tierchen zurück in die Tüte fallen.

«Leider muss ich sie töten. Sie haben keine Mutter mehr. Hilfst du mir?»

Robert schüttelt stumm den Kopf.

«Ihr ersäuft sie auf dem Land, hab ich recht? Oder schmeißt sie gegen die Wand.»

Die Plastiktüte rotiert in Pers Hand. Er zieht die Grifflöcher auseinander und schaut hinein, dreht sie wieder zu. Robert ist aufgestanden, Angst im Blick.

«Ich muss, mal.»

«Du weißt ja, wo die Toilette ist.»

Als Robert sich zwischen Per und dem Wandregal mit den Spielen und Filmen durchgezwängt hat, reißt er panisch die Tür auf und rennt aus dem Zimmer. Der überraschte Per braucht ein paar Sekunden, bevor er sich ebenfalls in Bewegung setzt, um Robert zu folgen. Die Haustür steht offen. Auf den Sträuchern und Bäumen vor dem Haus liegt Sonnenlicht. Robert ist schon im Wald verschwunden. Per bleibt nach wenigen Schritten auf dem Weg stehen. Die Kätzchen fahren in der Tüte an seiner herabhängenden Hand Karussell. Lange starrt Per auf die Bäume. Auf dem Rückweg stolpert er über ein Paar Gummistiefel. Robert ist auf Strümpfen weggerannt. Per lässt die Plastiktüte wirbeln, bis sie fast vollständig zusammengedreht ist. Mit einem lauten Schrei schmettert er sie gegen die Hauswand. Von dort klatscht sie in den Kies. Unter der Folie sind leise Bewegungen sichtbar.

XXX

Warum hatte ich um eine Tüte gebeten, nur für einen schlichten Viertelliter Milch?

Derselbe Tag, 14.30 Uhr.

Begleitet von unschönem Klingeln senkt sich die Bahnschranke. Pablo bremst lange nicht und dann stark. Der Roadster steht.

«Endlich.»

Rafa, nicht angeschnallt und in ihre bisonfarbene, soft wattierte Outdoorjacke mit modischem Kassettenstepp verkrochen, spielt mit ihren Fingernägeln. Sie hält sie aneinander. Wenn einer über den anderen springt, knackt es leise. Hinten quillt das schwarze Haar aus ihrem reinseidenen Kopftuch. Pablo nimmt seinen Kaugummi raus.

«Was, endlich?»

«Endlich fahren wir nicht mehr sinnlos in der Gegend rum. – Wir stehen in der Gegend rum», setzt sie nach einer kleinen Weile ironisch hinzu.

«Das liegt allein an dir. Ich habe dir gesagt: Ich fahre dich, wohin du willst. Solange du nichts vorgibst, muss ich eben rumfahren.»

Auf der anderen Seite der Schranke hält ein riesiger Traktor.

«Mach den Motor aus.»

«Ich trau mich nicht. Nachher springt er nicht wieder an.»

«Mach das Verdeck zu. Mich friert.»

Er macht das Verdeck zu.

«Soll ich auch die Heizung anmachen?»

Rafa antwortet nicht. Pablo tritt aufs Gas. Der Motor dreht hoch.

«Hörst du das? Drrrrrrrrrt-tik-tik-tik-tik. Das ist doch nicht normal. Irgendwas stimmt da nicht.»

«Tik-tik-tik.» Rafa äfft Pablo nach. «Außer deiner Sorge um Pers Auto hast du nichts im Kopf.»

«Es ist mein Auto.»

Rafa stöhnt. Eine Weile hört man nichts als das Knacken ihrer Nägel. Endlich gibt sie sich einen Ruck und setzt sich auf.

«Pascal, wir müssen miteinander reden.»

«Darf ich nicht länger Pablo sein? Das hat so gut zu mir gepasst.»

Für einen Moment ist er in seinen übermütigen Tonfall vom Vormittag zurückgefallen.

«Nein, Pascal. Du darfst nicht. Mach bitte keine Faxen mehr.»

«Ok.»

«Du hast mich total schockiert heute Mittag.»

«Nur weil du mich in der Unterhose gesehen hast? – Entschuldigung. Keine Faxen mehr.»

«Du hast mich gewürgt. Ich war dir vollkommen ausgeliefert.»

Pascal drückt auf einen Knopf genau in der Mitte des Armaturenbretts. Ein Doppel-Dosenhalter fährt raus. Pascal bewegt stumm die Lippen. Er fährt mit dem Zeigefinger erst in dem linken, dann in dem rechten Dosenhalter rum. Anschließend drückt er die Vorrichtung zurück ins Armaturenbrett. Sie arretiert.

«Du hast auch ganz schön gekratzt. Willst du jetzt so tun, als wäre von dir überhaupt nichts ausgegangen?»

«Was?»

«Was. Du hast mich ja beinah aufgefressen vor Lust. Ich war durcheinander. Ich wusste nicht mehr, ob du nun die Rafa von heute bist oder die von damals, oder wer. Du wolltest es doch haben.»

«Tsss. ‹Haben› – was ist denn das für eine Sprache? Deine Ausdrucksweise beweist nur dein Gewaltpotenzial.»

«Gewaltpotenzial, so ein Shit. Ich war erregt, nicht so sehr sexuell, ich meine, nicht nur sexuell, du hast, hast so viele Signale ausgesendet, ‹nimm mich mit nach Barcelona›, das ging ja gestern schon los, ‹lass uns sein wie früher›, ‹es hätte alles anders kommen können›. ...» Er bricht ab. «Jetzt hab ich, hab ich mich verheddertverheddert. Shit.»

«Du hast mir Angst gemacht, Pasc.» Rafas Ton ist milder und zugleich eindringlicher geworden. «Wir waren an demselben See, in dem Alexa damals um ein Haar ertrunken wäre.»

Rafa sitzt. Sie hat ein Glas mit Orangensaft in der einen Hand, in der anderen eine Safttüte. «Du meinst, zwischen unserer Affäre vor fünfzehn Jahren und heute? Naja, wir haben uns ja praktisch nie gesehen. Alle paar Jahre haben wir telefoniert und Neuheiten ausgetauscht. Es war normal. Normal freundschaftlich, meine ich. Und wir haben uns regelmäßig Urlaubskarten geschickt. Damit hatte Pascal während seiner Kreuzfahrt angefangen.» Sie trinkt. «Wir haben nie darüber gesprochen. Als er zurückkam und sah, dass ich mit Per zusammen bin, hat er sich sofort zurückgezogen. – Für mich war sowieso klar, dass ich nichts mehr mit ihm anfange. Auch emotional war das vorbei. Ein paar Wochen später war er schon auf der nächsten größeren Reise.» — «Offensicht-

lich. Es hat mich überrascht, wie wenig Per weiß. Ich hatte Pascal zwar eindringlich gebeten, nicht die Wahrheit zu sagen, aber nicht unbedingt damit gerechnet, dass er sich daran halten würde.» — «Aber wenn man es so sieht, ist doch alles zufällig. Natürlich ist so ein Preisgewinn Zufall.» Sie wendet sich ab und schaut zum Fenster raus. — «Was weiß ich. Ich bin immer noch verletzt, ich sollte zurzeit nichts über Pascals Charakter sagen. Vielleicht eines: Er ist mir im Lauf der Jahre immer deutlicher als ein Mann erschienen, der sich seine Lebensart nur überstreift und sie wechselt wie ein Hemd. Mal war er ein Radikalöko, dann plötzlich internetbegeistert. Auf eine spirituelle Phase folgte diese Idee mit dem Multimediapark, da trat er wiederum ganz als Geschäftsmann auf. Nur eins hat sich nie geändert: Er hat immer einen Haufen Geld gehabt. Mit so jemandem, das schien mir all die Jahre klar, könnte ich nicht leben.» — «Wieso denn? Ich war», sie zögert, «komisch drauf. Ich bin ja auch nicht aus Holz. Wieso wird es denn immer nur Männern zugestanden, dass sie aus einer Laune raus jemanden anmachen oder auch ein bisschen mehr?» — «Dass er stottert, war mir neu. Jedenfalls konnte ich mich nicht erinnern, es schon mal gehört zu haben.»

Pascal haut mit der Faust aufs Lenkrad.

«Alexa», ruft er. «Glaubst du auch diesen Mist? Alexa hatte einen Herzfehler. Deshalb ist sie kollabiert. Scheiße. Ich will, dass du das glaubst.»

Er haut immer heftiger auf dem Lenkrad rum.

«Hör auf damit!» Rafas Stimme klingt scharf. «Genau das ist es, was mich ängstigt: Sobald dich irgendwas wütend macht, fängst du an zu schreien, haust da rum und so. Du hast mich schon mal geschlagen.»

«Das ist nicht wahr, Rafa. Das solltesollte ein Spaß sein. Ich bin ausgerutscht, sonst hättest du – gar nichts abbekommen.» Er kontrolliert sich und sagt dann noch mal ruhiger: «Ich wollte dich nicht treffen. Tut mir leid. Ich habe es damals schon gesagt, und ich sage es heute gern noch einmal: Tut mir leid, dass ich dich verletzt habe. Ich bin nicht gewalttätig.»

«Jedenfalls wolltest du um jeden Preis vögeln. Gib's zu.»

«Und dudu etwa nicht?»

Ein Regionalzug bummelt über die Gleise. Die Fahrgeräusche machen einen Moment lang jedes Gespräch unmöglich. Rafa schaut auf den fahrenden Zug. Ihr Gesicht wird steinhart. Die Schranke bleibt unten.

«Sieht so aus, als würde noch einer kommen.» Pablo dreht den Zündschlüssel, der Motor stirbt ab. «Hör mal, Rafa, ich bin ein ganz normaler Mensch. Ich dachte immer, *du* wüsstest das.»

Rafa klappt die Sonnenblende runter und schaut sich eine Weile an, ohne eine Miene zu verziehen.

«Das ist ja das Schlimme. Auf der Straße würde man keinen von euch erkennen. Ihr scheint ganz normal. Keine Typen wie Anthony Hopkins oder Boris Karloff.»

«Vergiss nicht Bela Lugosi.»

«Was? Bring mich nicht raus. Ihr wirkt normal, umgänglich, nett.» Sie schaut ihn kurz von der Seite an, spricht dann wieder nach vorn in die Frontscheibe. «Fünfzehn Jahre lang habe ich geglaubt, du bist nett, weil du keinen Aufstand gemacht hast, als du von der Kreuzfahrt zurückkamst und ich mit Per zusammen war. Weil wir Freunde geblieben sind, auch wenn wir kaum Kontakt hatten. Aber du hast anscheinend all die Jahre nur darauf gewartet, deinen Schwanz wieder in meine Scheide stecken zu können.»

Sie fummelt eine Zigarette aus ihrer Handtasche. Dass

Pascal stumm bittend auf die Schachtel zeigt, übersieht sie.

«Was hast du bloß für einen Gefühlshaushalt? Fünfzehn Jahre lang schläfst du mit einer Frau nach der anderen. Wie kannst du von einem Tag auf den nächsten so tun, als hätte es das alles nie gegeben? Letzte Nacht hast du noch neben Inita gelegen, heute tust du so, als hättest du sie nie gekannt.»

Pascal schiebt eine CD in den Spieler und drückt auf die Knöpfe. Das GPS meldet sich. Er gibt etwas ein.

«Nach etwa 600 Metern rechts abbiegen», sagt das GPS. Rafa ignoriert Pascals nervöse Handgriffe. Sie ist in Fahrt.

«Hast du mit Per gedealt? War ich die Draufgabe für den beschissenen Roadster? – Man kann euch alles zutrauen. Ihr seid so widerlich.»

Ihre großen Augen glänzen immer feuchter. Sie lässt die Sonnenbrille auf die Nase gleiten. Pascal bleibt stumm. Mit einem Standardton meldet sich leise sein Blackberry. Er reagiert nicht. Eine Weile lang ist das Klingeln der einzige Ton im Wagen.

«Das Allerschlimmste ist», fährt Rafa fast weinerlich fort, «dass ihr mir auch noch leid tut. Ihr seid so was von arm. Emotionale Krüppel. Ihr könnt gar nicht anders.»

«Rafa, bitte.» Pascal bemüht sich, sehr ruhig und sachlich zu bleiben. «Das ist doch alles irgendwie verdreht. Ich meine, du hast doch –»

«Verdreht? Hah.» Ihre Stimme überschlägt sich. «Oh, Mann. Mannmannmann.»

Pascal macht den Motor noch mal aus. «Ich habe keine Lust, den ganzen Kram noch mal aufzuwärmen. Ich bin normal. Keine Sex-Bestie. Kein Gewalttäter. Ich habe weder Rafa ab-

sichtlich geschlagen noch irgendwas mit Alexa vorgehabt. – Ja, stimmt. Alexa wollte mir damals Schwierigkeiten machen. Sie konnte nicht ertragen, dass ich keine feste Beziehung brauchte. Eine Spießerin. Aber ich versteh's, mit ihrer Krankheit und so, da wünschte sie sich Sicherheit. – War's das jetzt?» — «Ich habe Rafa vorher nie so aggressiv erlebt. Bei dieser Autofahrt ist mir klar geworden, wie fremd wir uns letztlich geblieben waren. ‹Fremd› ist vielleicht zu viel gesagt. Aber wir kennen uns schlecht.»

Rafa: «Ich habe ein bisschen zugespitzt, weil ich so aufgeregt war. Grundsätzlich hielt ich eine Absprache für möglich. Ich dachte: Vielleicht hat Pascal Per gefragt, ob der Ausflug in Ordnung geht … So was gibt's ja unter Männern, dass sie sich die Frauen ausleihen. – Doch. Ich weiß es.» — «Als wir da in dem Auto saßen und diese blöde Schranke nicht hochging, da war ich echt am Tiefpunkt. Ich habe an gar nichts mehr geglaubt, nicht an die Freundschaft, nicht an die Liebe, nicht an die Wahrheit. Nimm, was du willst. Ich sagte mir: All die Jahre mit Per sind eine Lüge. Warum würdest du sonst mit Pascal durch die Gegend fahren und dich beinahe von ihm verführen lassen? Ich dachte aber auch: Mit Pascal ist alles Lüge. Das schöne Bild vom echt netten Freund hast du dir nur vorgegaukelt. Du wolltest nicht sehen, wie er ist. Jetzt siehst du es.» In ihre Augen treten Tränen. «Ich fühl mich immer noch betrogen, allein gelassen, ausgenutzt –»

Der Zug aus der Gegenrichtung fährt nun ebenfalls vorbei. Kurz darauf geht die Schranke hoch. Der Roadster springt ohne Probleme an.

«Bring mich zurück. Bring mich sofort zu Per zurück. Nein, bring mich nach Hause. Nein, zu Per.»

Unter ihrem Brillenrand zeigt sich eine feuchte Spur. Hinter ihnen hupt jemand. Pascal hebt den Mittelfinger. Gemächlich fährt er an. Der Wagen hoppelt über die Schienen.

XXXI

Wär's dunkel, ich läg' im Walde,
Im Walde rauscht's so sacht

Mit seidenweichem Klang setzt der Geländewagen zurück vom Feldweg auf einen kleinen Platz im Wald. Die Stelle ist künstlich aufgeschüttet und spärlich mit Splitt bestreut, einzelne Steinchen haften fest im Boden, dazwischen gibt es kleine grüne Inseln aus frischem Gras. Per klettert aus dem Wagen. Er untersucht den Platz, geht zum Auto zurück und öffnet die Hecktür. Hinten im Wagen stapelt sich der Sperrmüll, der vorhin noch bei Pers Haus lag. Ein Großteil der Schränke ist jetzt zerbrochen, Platten und Plattenstücke mit unregelmäßigen Kanten, zum Teil besetzt mit Scharnieren, stapeln sich neben größeren Möbeln wie dem Kühlschrank. Per wirkt müde. Sein Gesicht ist grau. Kraftlos zieht er die einzelnen Teile aus dem Wagen. Hinter dem Platz fällt das Gelände steil ab; aus dem Erdreich schaut hie und da verfallener Hausrat hervor. Auch ein paar aufgerissene blaue Säcke sind über den Hang verstreut.

Per gibt sich keine Mühe, seinen Müll weit ins Gelände zu befördern; manche Stücke rutschen kaum einen Meter und bleiben dann liegen. Der Kühlschrank, ein Siebzigerjahremodell mit Karstadt-Zeichen und drei dunkelbraunen Sternen auf der Rahmenleiste der Abdeckplatte, macht ihm Mühe. Per muss mehrmals ansetzen, um ihn aus dem Heck des Wagens zu bekommen, ohne Kratzer zu machen. Er überschlägt sich mehrfach, als er den Hang runterpurzelt, die Tür schlägt mal auf, mal zu. Als das Gerät auf den Stamm einer kleinen Birke prallt und seine Richtung ändert, fällt die Galeria-Kaufhof-Tüte heraus. Sie ist zugeknotet. Der Schaufensterpuppe hat Per einen Sack über den Kopf gestülpt, aus dem außer ihrem Unterleib noch die Enden ihrer ausgerenkten Beine ragen. Der Sack ist eng mit silbernem Gaffer-Band umwickelt. Per schleift ihn ein paar Meter weit bis zu einer Stelle des Abhangs, die dichter mit Gebüsch bewachsen ist. Dort hebt er ihn über den Kopf und wirft ihn mit ganzer Kraft von sich. Ein paar Zweige brechen, als das Paket aufschlägt. Von oben ist es nicht mehr zu sehen.

Per atmet schwer. Langsam trottet er zum Wagen zurück und steigt steif hinein. Da sitzt er, die Hände auf dem Lenkrad verschränkt, und starrt durch die Windschutzscheibe. Nach einer Weile steigt er wieder aus und klettert den Abhang hinunter. Nach wenigen Schritten in dem schweren losen Boden sind seine Schuhe voller Lehm. Um nicht zu fallen, hält Per sich an Zweigen und Baumstämmchen fest. Endlich kommt er bei der Kaufhof-Tüte an. Er hebt sie auf, putzt das feuchte braune Laub ab. Die grüne Druckfarbe ist zum Teil schon verschwunden. Lange Zeit steht er versunken da, die Augen von Tränen feucht, eine Hand, um sich festzuhalten, an einem Baumstamm. Er öffnet den Reißverschluss seiner dunkelblauen Übergangsjacke aus ultraleichtem, hochdichten Polyestergarn mit unvergleichlichem, seidigen Glanz und wasserdichter, metallisierter hoch atmungsaktiver Beschichtung. Er steckt die Tüte ein. Er macht die Jacke zu. Er schlägt immer wieder seinen Kopf gegen den Stamm.

XXXII

Heute gesteht die Welt den Männern ein Recht
auf Schwäche zu und lässt sie sich in
Frage stellen.

Eine Gruppe von Reitern quert die Fahrbahn. Sie sind von rechts aus einem zugewachsenen Waldweg aufgetaucht und reiten zehn, zwanzig Meter auf der Straße, bevor sie auf der linken Seite, gleich hinter dem Haltestellenhäuschen, wieder verschwinden.

Pablo starrt mit bösem Blick auf die Hinterteile der Pferde.

«Soll ich hupen?»

«Bloß nicht.» Rafa sitzt halb abgewandt. Sie schaut zum Seitenfenster raus. «Du würdest diese Menschen ernsthaft gefährden. Die Pferde würden zwischen die Bäume laufen und Reiterinnen und Reiter an den Ästen abstreifen.»

«Schon gut. Ich werd's nicht machen.»

Sie sitzen schweigend da. Als die Pferde aus dem Weg sind, würgt Pascal beim Anfahren den Roadster ab. Rafa lächelt zum Fenster raus. Mehrere Versuche, den Wagen wieder zu starten, scheitern.

«Jetzt ist die Karre tatsächlich verreckt.»

Noch einmal dreht Pascal den Zündschlüssel. Der Motor macht keinen Mucks.

«Ich wollte sowieso hier aussteigen», sagt Rafa trocken. Sie zieht die Bänder an ihrem Rucksack zu. «Wir sind praktisch da.»

«Dass du da ruhig bleibst, kann ich gar nicht begreifen. Wenn jetzt das Getriebe kaputt ist, weißt du, was das kostet? Vorhin war schon ein Fleck unterm Auto. Vielleicht ist die Ölwanne aufgerissen, als er aufgesetzt hat.»

«Ist denn die Kontrollleuchte angegangen? Dieser Wagen sagt dir immer, was ihm fehlt.»

«Die Leuchte ist fürs Motoröl. Mit dem Starter muss aber auch was sein, sonst würde er doch –.» Pascals Blick fällt auf Rafas Gesicht. Er unterbricht sich.

«Du hast es gewusst, hm? Du hast gewusst, dass der Roadster schrottreif ist, hab ich recht?»

«Ich weiß auch nicht alles.»

Pascal nickt vor sich hin. Als er sieht, dass Rafa ihren Rucksack auf den Schoß nimmt und aussteigen will, wird er hektisch.

«Du willstwillst mich jetzt einfach so sitzen lassen? Ok, da kann ich nichts machen. Gehgeh nur. – Wird es halt dabei bleiben, dass du es nicht weißt.»

Rafa zieht die schon geöffnete Autotür wieder zu.

«Was weiß ich nicht?»

«Per-Per, du denkst, dass er nicht anders kann, als dich zu lieben. Wenn er einmal in fünfzehn Jahren eine andere Frau anschaut, bist du schon schock-kiert. Oh, Mann.» Mit geschlossenen Augen ringt Pascal um Ruhe. «Du weißt, dass wir immer zusammen weggefahren sind.»

«Ja, fünfhundert Kilometer, um baden zu gehen.»

Rafa tippt sich an die Stirn.

«Und du wolltest selbstverständlich nie dabei sein …»

«Sprich weiter.»

«An dem Abend, von dem ich erzähle, sind wir nicht so weit gefahren. Nur zu dem See, an dem wir vorhin waren.»

«Und, habt ihr's ‹gemacht›?»

«Wir haben nach Flaschen getaucht.» Er bemerkt, dass Rafa ihn fragend ansieht. «Am Westufer fällt der Seegrund nur flach ab. Da haben wir oft ein paar Sektflaschen reingeworfen und danach getaucht. Wer eine hatte, durfte sie trinken. Wir waren immer – nein, steig nicht aus, hör mir zu, bitte. An jenem Abend war Per angespannter als sonst. Er redete wenig. Er warf erst die Flaschen vom Plateau aus ins Wasser. Du weißt, er kann weit werfen, aber bis ins Flache schaffte er es trotzdem nicht. Anschließend hat er mich ins Wasser geschubst.»

«Pascal, eure Männergeschichten interessieren mich nicht.»

«Nein, warte, warte. Ich war so überrascht, dass ich meinen Körper nicht spannte. Der Aufprall tat höllisch weh. Ich hörte, wie Per hinterhersprang. Als er neben mir auftauchte, tunkte ich ihn gleich wieder unter, ich hielt ihn unten, bis er Panik bekam. Ich war dermaßen wütend. Als er wieder hochkam, habe ich gefordert, dass er die Finger von dir lassen soll. Ich wollte dich – nicht teilen. Er lachte nur. Er sagte: ‹Ok, machen wir Folgendes: wir tauchen jetzt nach den Flaschen. Wenn du es schaffst, eine raufzuholen, lass ich Rafa in Ruhe. Wenn ich es schaffe, ziehst du dich zurück.› Ich bin getaucht, bis mir die Lunge geplatzt ist.»

Rafa hat sich unterdessen eine Gitane aus dem Etui genommen. Sie inhaliert.

«Und?»

«Keine Chance. Sie lagen zu tief. Per kam plötzlich mit einer an. Er behauptete, dass er sie vom Grund geholt hätte. Er muss sie die ganze Zeit in der Hand gehabt haben.»

«Vielleicht konnte er besser tauchen als du.»

«Vielleicht, ja. Aber da war nichts zu holen. Es war zu tief.»

«Ich glaube dir nicht.»

Rafa fängt die herabfallende Asche ihrer Gitane mit der Hand auf. Geistesgegenwärtig öffnet Pascal den Aschenbecher.

«Ist auch nicht wahr», sagt er tonlos.

Pascal spielt mit seiner Sonnenbrille. «Den Fehler habe ich vorher gemacht. Ich habe Rafas Gefühle falsch eingeschätzt. Wahrscheinlich war es doch nur ihre Verwirrung, die uns einander so nah gebracht hat. Als sie merkte, dass sie mit dem Feuer spielt, hat sie ihre Hände sofort zurückgezogen. Deswegen war es kein Fehler, ihr von dem Wetttauchen zu erzählen. Jedenfalls hat es nicht alles noch schlimmer gemacht.» — «Fakt ist, dass ich es selbst nicht mehr genau weiß. Ich dachte, dass es so war, wie ich es Rafa erzählt habe: Per und ich hatten diesen komischen Kampf, und das Ergebnis, unser Ausweg, war diese Wette. Ob Per dabei betrogen hat oder ob ich dachte, dass er betrügen wollte, weiß ich nicht mehr.» Er klopft mit dem Brillenbügel an seine Zähne. — «Ja, es war das einzige Mal in meinem Leben, dass ich den Lauf der Dinge beeinflussen wollte. Mit Rafa, das war wirklich anders. Damals glaubte ich tatsächlich mal –» Er winkt ab und startet den Wagen. «Ich muss!»

Per: «Nein, so eine Wette hat es nie gegeben. Rafa war mir viel zu wichtig. Ich hätte mich nie auf so was eingelassen, ge-

schweige denn, es vorgeschlagen. Da hätten wir ja auch würfeln können.»

«Ich steig jetzt aus, Pascal.»

Rafas Stimme ist weicher geworden, in ihren Augen glimmt etwas wie Wärme.

«Na, dann –.» Pascal packt ein paar Haare hinter seinem Ohr und zieht daran. «Tschüs.»

«Pasc?» Rafa berührt kurz seinen Oberarm. «Du könntest mir beweisen, dass du noch mein Freund bist. Ich meine – beweisen klingt natürlich blöd. Du, du könntest einfach was für mich tun.»

Sie macht eine Pause. Pascal wartet geduldig.

«Würdest du hier bleiben? Ich will jetzt nicht mit Per allein sein. Aber ich muss ihn unter vier Augen sprechen. Ich gebe dir ein Zeichen, wenn du kommen sollst.» Sie zeigt nach draußen. «Von hier aus kannst du das Haus sehen. Wenn ich dich brauche, mach ich das Küchenfenster auf. Das ist das Zeichen. Tust du das für mich?» Als Pascal nicht antwortet, setzt sie hinzu: «Nicht als Wiedergutmachung. – Einfach so, halt.»

Pascal nickt. Pascal sagt «ok». Rafa steigt sofort aus. Ihr Gang ist ruhig und geschmeidig. Nach wenigen Metern hat der Wald ihre Gestalt verschluckt.

«Glaub nicht, dass ich dich nach Köln fahre», schreit Pascal nun, «ich bin nicht dein Taxi.»

Vorsichtig dreht er noch einmal den Schlüssel. Es klickt nicht einmal.

XXXIII

Der Käfer, wenn er alle Blumen durchschwärmt hat,
bleibt endlich auf dem Miste liegen.

Per poliert mit dem Hemdärmel einen fünfzig Zentimeter langen Kratzer, der sich vorn links über den Kotflügel des Geländewagens zieht. Auf seiner Stirn zeigt sich eine blauschwarze Schwellung. Auf der linken Seite reicht sie bis zum Auge hinab. So sieht er aus wie eine Figur aus dem Gruselkabinett. Die hinteren Türen des G 500 stehen offen; die restlichen Teile der alten Kücheneinrichtung liegen auf der Ladefläche. Neben dem Auto steht das Terrarium. Per will es gerade aufheben, als er Rafa auf dem Kiesweg sieht. Ihre Schritte sind energisch. Sie hat ein schwarzes Bündel unter den Arm geklemmt.

«Hallo Schatz», sagt sie, als sie bei ihm ist. «Na, räumst du auf?»

Pers geschwollene Stirn scheint sie nicht zu bemerken.

«Schon zurück?», nuschelt Per. Er lässt sich ihr Küsschen gefallen, ohne es zu erwidern.

Im Tal brummt ein Traktor.

«Ja, da bin ich wieder.» Sie klingt sehr frisch. «Du hast dich endlich rasiert, hm?»

«Mhm.»

Per hat den Autoschlüssel aus seiner Hosentasche gefingert und drückt darauf. Nichts geschieht. «Es geht schon wieder nicht», murmelt er.

«Was?»

«Der G 500 lässt sich nicht verriegeln.»

«Freust du dich gar nicht, dass ich wieder da bin?»

Rafa hat die Hände zu Fäusten geballt.

«Warst du denn weg?»

«Cooltuer. Es hat nicht viel gefehlt und ich wäre nicht zurückgekommen.»

«Was hat denn gefehlt?»

Per hat eine Tür des Geländewagens geöffnet und probiert, die Verriegelung von Hand zu betätigen.

«Was hat denn gefehlt?» Sie äfft ihn nach. «Mein Notebook. Ich geh gleich und hol es. – Was ist das?»

Rafa hält das schwarze Bündel hoch. Es entrollt sich. Per wirft einen kurzen Blick darauf.

«Keine Ahnung. Wo hast du es her?»

«Es lag vorn bei der Einfahrt im Graben.»

«Sieht aus wie eine Gardine.»

«Eine schwarze Gardine, hm? Das ist ein Poncho, mein Lieber.»

Rafa ist Per zum Auto gefolgt. Ihr Blick wandert über die Sachen im Kofferraum. «Wie kommt er in den Graben?»

«Keine Ahnung», sagt Per gleichgültig. «Was soll das?»

«Gut, gehen wir erst mal rein.»

Rafa rollt den Poncho wieder zusammen. Pers bislang gleichgültige Miene verhärtet sich.

«Wenn du mir sagen willst, dass du mich verlässt – das kannst du auch hier machen. Wartet Pascal schon auf dich?»

«Pascal ist weggefahren», erwidert Rafa.

«Also warst du mit ihm unterwegs.»

«Ja, wir haben einen Ausflug gemacht. Dafür muss ich mich nicht rechtfertigen.»

«Wenn du gehen willst, sag es nur gleich.»

«Lass uns reingehen. Ich bin übrigens froh, dass ich mit ihm gefahren bin. Er hat mir ein paar Dinge erzählt, die unsere Beziehung in völlig neuem Licht dastehen lassen.»

«Oh. Pascal verfügt über geheimes Wissen. Hat er womöglich auch Interessen?»

«Nicht hier. Lass uns reingehen.»

«Gut. Aber wenn wir schon dabei sind – ich habe dir auch was zu sagen.»

Rafa wendet sich zum Gehen. Per betastet vorsichtig seine Beule. Leicht aufstöhnend stemmt er das Terrarium vor seine Brust und folgt Rafa nach drinnen.

Per reibt sich die Stirn. «Es war verdammt unangenehm. Ein bisschen wie Kopfschmerzen. Aber jetzt ist alles weg, was? Mann, war ich am Ende. Ich habe wirklich gedacht, der Himmel fällt mir auf den Kopf. Ich wollte da liegen bleiben, ernsthaft, zwischen dem ganzen Müll, und auf das Ende warten. Das ist untypisch für mich. Als ich da unten hockte und versuchte, mir den Schädel einzuhauen, habe ich zum ersten Mal begriffen, wie viel Rafa mir bedeutet. Ich konnte es halt nicht gleich umsetzen.» — «Nö, ich war eher froh, dass mich keiner darauf angesprochen hat. Was hätte ich denn sagen sollen? ‹Ich bin gegen den Schrank gelaufen›? Das wäre doch nur peinlich geworden.»

XXXIV

Und hinter der Hütte lag der Wald, ein ungeheurer Wald.

Der Himmel hat sich bewölkt, der Wald wirkt zwielichtig, dunkel. Schweres graues Licht drückt die alten Blätter zu Boden, erdige Töne herrschen vor. Undurchdringlich steht dazwischen das Grün der Stechpalmen. Pascal stapft durch den Wald. Mit der linken Hand hält er eine Zigarre, an der er hin und wieder pafft. Die rechte hat er samt Blackberry am Ohr. In seiner kleinen Hand wirkt das Gerät klotzig breit.

«Also Inita», spricht Pascal in sein Blackberry, «du antwortest nicht auf E-Mails und auch nicht auf Kurznachrichten. Wenigstens ist deine Mailbox jetzt aktiviert. Ruf mich zurück, bitte. Bittebittebittebitte. Man macht sich hier Sorgen um dich, und ich … brauche dich. *I need you … necesito te* – sagt man so? Ich bin se-ehrrr allein.»

Er geht zielstrebig voran. Seine Füße wirbeln das Laub auf. Hinter ihm zieht sich eine dunkle Spur durchs Gelände. Pascals Zigarre ist ausgegangen. Er stellt einen Fuß auf ein Holzstück am Boden und raucht sie wieder an. Dichte, würzige Wolken ziehen durch die Büsche. Pascal hält auf einen Erdwall zu, der sich, so weit das Auge reicht, durch den Wald zieht. An einer Stelle des Walls lugt der schwarze Boden hervor; es sieht so aus, als führte dort ein Weg über die kleine Erhebung. Die Erde ist ringsum feucht und weich. Hufabdrücke sind darin zu sehen, dazwischen die Stollenspur eines Fahrradreifens. Pascal klettert den kleinen Wall hinauf. Er rutscht aus. Sein linkes Knie bohrt sich in den Grund, die Hose wird nass und schmutzig. Nicht weit von ihm schreit ein Kuckuck. Suchend blickt Pascal in die Bäume.

Von der Höhe des Erdwalls ist Pers Haus zu sehen. Pascal linst hinüber. Nach einer Weile dreht er sich um und rutscht den Wall auf derselben Seite hinab, auf der er ihn erklommen hat. Gebückt, wie ein Trapper, verfolgt er nun die Reifenabdrücke. Das Gelände ist hier fast eben, ein Stück weiter hinten wird es abschüssig. Dorthin führt die Spur, der Pascal nachgeht. Oder sie kommt von dort.

«Huch!»

Pascal stößt einen leisen Laut des Erstaunens aus und hält an. Aus einem Gebüsch vor ihm lugt Roberts Fahrrad. Die vordere Felge ist völlig verbogen, der Zug der Alu-V-Bremse ist gerissen. Das Licht ist eingeschaltet. Pascal zieht das Fahrrad aus dem Gebüsch, packt die eierige Felge und dreht das Rad so weit es geht hin und her. Als er loslässt, kippt das Vorderrad seitlich weg. Das Licht scheint ihm nun direkt ins Gesicht. Pascal knipst es aus. Er überlegt. Schließlich packt er den sportiven Y-Rahmen so, dass er das Rad schultern kann, und läuft damit den Hang hinunter. Unten verschwindet er zwischen den dichten Zweigen der grünenden Sträucher.

XXXV

Illusion never changed into something real

Per schenkt Wasser in ein mit dem Schriftzug ‹Perrier› bedrucktes Glas und trinkt es in einem Zug leer. Rafa folgt ihm durch die Küchentür. Den zusammengeknäuelten Poncho wirft sie auf einen der Zeta-Barhocker. Der

Design-Klassiker unter den Barhockern ist mit 6 kg ein praktisches Leichtgewicht. Die Sitzfläche ist aus strapazierfähigem Vinyl gefertigt. Das Gestell besteht aus verchromtem Stahlrohr. Das Kleidungsstück breitet sich wie ein Vorhang über das Möbel. Auch Rafa nimmt sich ein bedrucktes Perrier-Glas und lässt sich von Per einschenken.

«Ich möchte immerzu über die Ränder der Schrift streicheln. Die minimale Niveauveränderung liegt an der Grenze des Wahrnehmbaren.»

Einen Moment lang scheint sie versunken. Per kühlt mit dem Glas seine Stirn. Rafa gibt sich einen Ruck.

«Pascal hat mir vorhin erzählt, wie ihr das mit den Sektflaschen gemacht habt.»

Per sieht sie fragend an.

«Ihr habt damals Flaschen ins Wasser geworfen und verabredet, dass derjenige von euch, der sie raufholen kann, mich abkriegt. Schüttel nicht den Kopf. Es passt zu gut zu dem, was du gestern selbst gesagt hast. So was ist widerlich, Per.»

Sie stehen sich gegenüber, beide aufrecht, beide gespannt.

«Es stimmt also, was Pascal damals behauptete: Du hast zwischen uns gestanden. Ich dachte bis gestern, dass du übers Freundschaftliche hinaus nicht an ihm interessiert warst. Ok. Es war also anders.» Er schluckt. «Und jetzt? Gehst du mit ihm nach Barcelona?»

«Ich weiß nicht ... ich würde nicht ‹mit ihm› gehen. Der Job reizt mich.»

Wieder stehen sie eine Weile reglos, bis Per zu grimassieren beginnt. Er ringt um Fassung. Schnell setzt er sich auf einen der Zeta-Barhocker. Er stützt die Ellbogen auf die Theke.

«Ich muss gerade daran denken, wie ich mich immer gefreut habe, wenn wir uns getroffen haben. Wenn wir beide nach einer arbeitsreichen Woche –, wie wir uns in die Arme gesunken sind und alles fallen lassen konnten. All die Jahre ist unser Zusammensein nie zur Routine geworden. Für mich war das der Beweis, dass wir es richtig machen, dass wir die richtige Mischung gefunden haben: Jeder lebt sein eigenes Leben, und wir begegnen uns als freie Menschen. Erst als ich hier rausgezogen bin, hat sich das geändert. Plötzlich war ich verletzt, weil du nicht da warst. Und wenn du kamst, habe ich als Erstes daran gedacht, wann du wieder fahren würdest.»

Rafa hat sich gegen das mobile Stauraumelement gelehnt. Sie schaut Per aufmerksam an.

«Nach allem, was gestern und heute geschehen ist, wundert es mich, aber ich empfinde genauso. Seit du arbeitslos bist, ist das alte Gefühl hin.»

«Das nennst du dasselbe empfinden?»

«Warum? Ja, klar. Ich habe auch herausgefunden, woran es liegt: Du musst mir ständig deine Unabhängigkeit beweisen. Das passt doch gut zu dem, was du gesagt hast: Du hältst es nicht aus, dass *ich* unabhängig bin.»

«Das ist ja Psychokitsch.» Pers Ton geht vom Weinerlichen ins Böse über. «Außerdem verdrehst du die Dinge, Rafa. Warum bist du denn in Köln geblieben? Du wolltest *mir* deine Unabhängigkeit beweisen!»

«Du hast mich vor vollendete Tatsachen gestellt, Per. So was funktioniert nicht.»

«Wir haben die Häuser zusammen angeschaut.»

«Aber immer unter der Voraussetzung, dass du ein Ausweichquartier haben wolltest. – Jetzt hast du ja eins», fügt sie murmelnd hinzu.

«Was ist daran so schlimm?»

«Nichts. Es geht um die Art. *Wie* du es getan hast, das war nicht fair. Du hast mich vor vollendete Tatsachen gestellt. Du hast gedacht, wenn du erst mal hier draußen bist, werde ich schon nachkommen. Für mich war das wie ein Verrat. – Per! Ich will endlich wissen, was mit dir los ist. Du distanzierst dich ständig von mir. Deine Show gestern Abend war auch so was. Als würde dir gar nichts mehr an mir liegen.»

«Und wenn du mit Pascal wegfährst, ohne es für nötig zu halten, mir das auch nur mitzuteilen – ist das etwa keine Distanzierung?»

«Du hättest mich anrufen können. Du wolltest doch gar nicht wissen, wo ich bin.»

Rafa fährt mit dem Finger auf der Arbeitsplatte rum. Sie lässt ihren Blick den Bewegungen folgen.

«Hast du mit Pascal geschlafen?»

Überrascht schaut sie auf.

«Hast du mit ihm geschlafen, vorhin, in meinem Auto oder irgendwo in den Büschen? Oder habt ihr euch ein Zimmer genommen?»

«Du bist ein Kotzbrocken.»

«Danke, dito.» Per klingt jetzt zornig. «Ich finde das nahe liegend. Warum ist er denn nicht mit zurückgekommen, wenn da nichts war?»

Rafa zieht eine Augenbraue hoch.

«Er hat Schiss», ruft Per. «Er traut sich nicht, mir unter die Augen zu treten.»

«Du jagst Phantome. Wir haben nur einen Ausflug gemacht, nichts weiter. Aber angenommen, wir hätten miteinander geschlafen – was wir *nicht* getan haben: Das müsste dir doch recht sein. Die Vollbestätigung deiner Thesen.» Sie holt Luft. «Warum rechtfertige ich mich hier überhaupt? *Ihr* tretet doch die Liebe mit Füßen. Sicher habt ihr wieder einen Handel gemacht: ‹Ich leih dir meine Frau, Pascal. Wenn du möchtest, bitte. Derweil kümmere ich mich ein bisschen um Inita.› – So haltet ihr es doch. – Hast du mit ihr geschlafen?»

Per steht auf und öffnet das Fenster. Rafa verfolgt das mit leichtem Schrecken.

«Wovon redest du?»

Rafa hat die Augen geschlossen und die Hände vor dem Gesicht zu einem spitzen Dach verschränkt; sie fährt mit den Fingerkuppen ihren Nasenrücken rauf und runter. Die Daumen liegen am Kinn. Beide scheinen ihren Gedanken nachzuhängen. Schließlich geht Per auf Rafa zu und berührt sanft ihr Haar. Sie schlägt seine Hand weg. Resigniert wendet er sich ab. Sein Blick geht durchs geöffnete Fenster.

«Ach, nee», sagt er. «Schau mal, wer da kommt.»

Per ist im Eames-Stuhl so weit nach vorn gerutscht, dass er um ein Haar rausfällt. Er zieht sich an den Armlehnen wieder hoch. «Ein E-Stuhl ist das ja hier. Ein Elektrischer Stuhl ... und ein Enorm rutschiger ...» Er grinst. «Also, ich bleibe bis heute dabei: Frauen wollen nur erfolgreiche Männer. Was heißt wollen, sie sind aus Gründen der Arterhaltung darauf festgelegt. So wie wir unseren Samen auf alle verteilen wollen, die da fruchtbar sind.» Er lacht wieder. «Letztlich sind wir Tiere. Tiere mit schicken Klamotten.» Er klopft gegen den Eames-Stuhl. «Kein Job, kein Sex-Appeal. Rafa hat es selbst gesagt, wenn auch verkehrt herum.» Er nimmt ein Wasserglas vom Boden und hält es mit der Öffnung nach unten. «Sie hat behauptet, ich könnte sie nicht mehr ertragen, seit ich meinen Job verloren hätte. Dabei konnte sie nicht ertragen, mit einem arbeitslosen Delta-Männchen zusammen zu sein.» Er kneift die Augen zu und schneidet eine Fratze.

‹The roof, the roof›. Erinnerst du dich an die blöden Aufzugführer in Brave New World? Deren höchstes Glück es ist, wenn sie mal aufs Dach kommen und die Sonne sehen? So ist das, zu so jemandem wirst du, wenn du keinen Job mehr hast. – Ist mir egal, was du gefragt hast. Allmählich geht mir das sowieso auf den Sack.» Er stößt einen Fuß nach vorn. Das Bild wackelt. «Hast du nicht wenigstens einen Kognak? Als kleine Belohnung für meine Auskunftsbereitschaft? Ich bin schon ganz besoffen vor lauter Warten auf einen kleinen Kognak.» Er reißt die Augen auf und zieht eine Schnute. «Aber ein leeres Glas bleibt leer. Ich glaube, das war es, was ich noch sagen wollte.» Er lacht laut.

XXXVI

«Da kommt jemand!» – «Ich wusst es ja!»

Die Tür öffnet sich schwungvoll. Mit breitem Lächeln tritt Pascal in die Küche.

«Hi there.»

Weder Rafa noch Per erwidern seinen Gruß. Pascal zuckt die Achseln. Er geht zwei Schritte in den Raum hinein.

«Darf ich einen Schluck Wasser haben?»

Wiederum keine Antwort. Pascal geht zur Gläservitrine und nimmt sich, wie vorhin Per und Rafa, ein Perrier-Glas. Er will sich einschenken, findet aber nur die leere Flasche. Hilfe suchend schaut er zu Per. Dabei fällt sein Blick auf dessen geschwollene Stirn. Pascal feixt. Per zeigt flüchtig auf eine Ecke neben der Anrichte. Dort steht der Wasserkasten.

«Rafa hat gesagt, du wärst weg.»

Pers Stimme ist belegt, das ‹weg› krumpelt beinahe zu einem Röcheln zusammen. Pascal schnappt sich eine volle Flasche. In einer Schublade findet er den Öffner. Mit dem freundlichsten Grinsegesicht der Welt schaut er von der einen zum anderen.

«Jetzt bin ich jedenfalls hier. – Ich dachte, ich komme wie gerufen.»

Er trinkt. Das Wasser bildet auf seiner Oberlippe einen schaumigen Film. Rafa wartet einen Moment ab, in dem Per wegsieht, um Pascal mit verdrehten Augen und einer kleinen Fingerpantomime zu bedeuten, dass er weggehen soll. Pascal tut verständnislos. Er legt eine Hand ans Ohr und deutet mit der anderen auf seine bewegten Lippen. Rafa schüttelt den Kopf. Pascal zieht sein Blackberry aus der Tasche, lässt es jedoch wieder hineingleiten, als er sieht, wie Per sich den beiden zuwendet. Weit weg im Tal fängt eine Kuh wie wild zu brüllen an.

«Huch», sagt Pascal plötzlich und tritt noch einen Schritt nach vorn. «Das ist doch», er zieht das Teil vom Hocker und hält es in die Luft, «ja, das ist Initas Poncho.» Er schnuppert daran. «Kein Zweifel. Hat sie ihn hier liegen lassen?»

«Dacht ich's mir.» Rafa sieht Per mit funkelnden Augen an. «Jetzt frag ich dich noch mal: Wie kommt der Poncho in den Graben? – Ich hab ihn nämlich im Straßengraben gefunden», setzt sie für Pascal hinzu.

«Oh», sagt Pascal.

Etwas schneller als Per greift Rafa nach dem Umhang und zieht ihn an sich.

«Es kann sein, dass sie ihn draußen vergessen hat», sagt sie grimmig, «aber es kann auch sein, dass – iiih, was ist das denn?» Reflexhaft zieht sie ihre Hand zurück. «Mach mal Licht!»

Im zielgerichteten, warmen Spotlicht der flachen, um 270 Grad drehbaren Schwenkleuchten an der Multifunktionswand wird eine schwarze Wegschnecke sichtbar, die auf dem Wollstoff eine silbrig glänzende Spur hinterlassen hat. Auch Erdpartikel, Stückchen von braunen Blättern und ein pinzettenartig gebogenes Kiefernnadelpaar sind nun zu sehen.

«Sie wird ihn weggeworfen haben.»

«Weggeworfen?» Rafas Stimme schnappt beinahe über. «Das ist reine Wolle. So was wirft man doch nicht einfach weg.»

«Und? Dann hat sie ihn verloren.»

«Dann wird sie ihn verloren haben.»

Die beiden Männer haben gleichzeitig reagiert. Sie schauen sich an. Über Rafas Gesicht huscht ein Ausdruck von Entschlossenheit.

«Macht ihr euch nicht die geringste Sorge, dass irgendetwas passiert sein könnte?»

«Er hat Löcher.»

Per deutet mit dem Kopf auf das Kleidungsstück. Er hat die Hände auf die Lehne des Zeta-Hockers gestützt. Einzelne Finger heben sich ohne festen Rhythmus.

«Was für eine Rolle spielt das jetzt? Ich hatte die ganze Zeit schon ein komisches Gefühl. Sie ist verschwunden, ohne dass jemand von uns etwas wusste, sie ist den ganzen Tag nicht zu erreichen …»

«Ihre Mailbox ist inzwischen an.»

«Das muss nichts heißen. Vielleicht liegt sie verunglückt im Wald, und ihre Kraft hat gerade noch gereicht, um ihr Handy anzustellen. So was ist schon vorgekommen.»

Rafas Stimme klingt energisch. Als die Männer schweigen, wiederholt sie:

«Wenn es wahr ist, dass ihr beide seit heute Nacht um drei nichts von ihr gehört oder gesehen habt, dann müssen wir sie suchen. Es ist durchaus möglich, dass sie draußen im Wald liegt, hilflos oder sogar tot.»

Per und Pascal schauen sich an.

«Quatsch», sagt Per.

«Quark», sagt Pascal.

Rafa ist vor Zorn rot geworden.

«Ihr seid beide die gleichen Idioten. Nicht bereit und nicht in der Lage, euch um irgendwas zu kümmern. Wie man so durchs Leben kommen kann, ist mir schleierhaft.» Sie atmet hörbar aus. «Ich werde jetzt nach oben gehen, um zu sehen, ob ich irgendwelche Anhaltspunkte für Initas Verschwinden finde. Ihr könnt derweil ums Haus herum alles absuchen. – Na los!»

Ohne eine Antwort abzuwarten, wirft Rafa den Poncho auf die Anrichte und verlässt die Küche. Die Männer schweigen betreten. Sie schauen sich nicht an.

Nach einer Weile sagt Pascal: «Was hast du mit dem Terrarium vor? Wirst du dir wieder diese abgefahrenen Frösche mit den Kifferaugen kaufen?»

Per lacht.

«Rotaugenlaubfrösche, ja. Sie waren die schönsten von allen Tieren, die ich hatte.»

«Ich erinnere mich», sagt Pascal, «dass du immer wilde Geschichten von ihnen erzählt hast. Aber jedes Mal, wenn ich sie beobachtet habe, hockten sie nur unter den Blättern und mucksten nicht. Trotzdem mochte ich sie.»

«Du hattest keine Geduld. Man muss sie lange beobachten, bevor man ihr Verhalten versteht. Sie sind uns sehr ähnlich.»

Pascal lächelt versonnen. Über ihnen sind Rafas energische Schritte zu hören. Per zeigt mit dem Daumen nach oben.

«Wir gehen besser raus», sagt er. «Sonst wird es hier gleich ungemütlich.»

XXXVII

Le mort n'est pas une conclusion.

Neben dem Geländewagen, dicht bei Pascal, steht Per und reibt den Kotflügel mit Lackpolitur ein. Pascal hat die Zeitschrift, die Rafa am Morgen gekauft hat, aufgeschlagen und liest daraus vor. Per hält den Kopf geneigt und hört zu.

«Der Knoten», liest Pascal mit deutlicher Überbetonung. «Die Partner liegen Brust an Brust und umschlingen sich so weit wie möglich.»

Per unterbricht seine Arbeit und versucht, die entsprechende Stellung anzudeuten.

«Bedeutung: Die beiden wollen so viel Nähe wie möglich, der Sex ist leidenschaftlich. Es besteht allerdings auf Dauer die Gefahr von zu großer gefühlsmäßiger Abhängigkeit.»

Pascal hebt den Zeigefinger; die Seiten des Magazins flattern, das Heft entgleitet ihm um ein Haar. Er fasst es wieder mit beiden Händen.

«Oder hier: Die Venusfalle.»

Per lässt seine rechte Hand auf- und zuschnappen. Pascal macht eine Pause.

«Lies schon vor.»

«Die Frau schmiegt sich an den Rücken ihres Partners und umklammert ihn. Bedeutung: Während Er auf Distanz geht und sich wegdreht, drängt Sie auf Nähe. Möglicherweise will Er nur unverbindlichen Sex, Sie dagegen eine enge Beziehung.»

«Die Zeichnungen sind ja auch geil.» Per schaut über Pascals Schulter in das Magazin. «Diese mit wenigen Strichen hindrapierte Bettwäsche … Sie im Naturkleidchenlook, er in Shorts mit nacktem Oberkörper … Sexfaktor Null, würde ich sagen. Lass mal sehen, was zum Löffelchen dasteht.»

Pascal hält das Heft in die Höhe, damit Per besser sehen kann.

«Löffelchen.» Per liest eher sachlich vor. «Die Partner liegen Bauch an Rücken und verschlingen die Beine ineinander. Bedeutung: Beide lieben sich innig, wenn auch der erste Rausch bereits vorbei ist. Der Sex macht immer noch Spaß, er ist nur etwas ruhiger, dafür aber vertrauter. – Also da hab ich online genau das Gegenteil gelesen.»

«Quatsch», erwidert Pascal. «Die beziehen sich doch alle auf dieselbe Studie. Einer schreibt vom anderen ab.»

«Neinnein, da stand: Bei Paaren, die die Löffelchenstellung bevorzugen, herrscht wahrscheinlich eher Flaute im Bett. Ich weiß es noch genau.»

«Wo ist denn da der Widerspruch? ‹Ruhiger und vertrauter› – das ist doch nur ein anderer Code für ‹nix nett im Bett›.»

Die beiden sind so in ihr Gespräch vertieft, dass sie nicht bemerken, wie sich Rafa vom Schuppen her mit großen Schritten nähert. Sie hat die beige Bowlingbag in der Hand.

«Nennt ihr das suchen?», ruft sie, noch bevor sie die Männer erreicht hat, und als sie bei ihnen angekommen ist: «Da! Die habe ich im Schuppen gefunden. Das ist Initas Handtasche.»

Per errötet. Er nimmt den Lappen und macht sich schnell wieder an dem Kratzer zu schaffen.

«Wie kommt sie in den Schuppen, Per?»

«Keine Ahnung.»

«Per!»

Rafa stellt die Tasche auf der Motorhaube ab.

«Also gut. Ich habe sie heute morgen in der Einfahrt gefunden. Da wollte ich gerade zu meinem Fahrrad. Ich habe sie aufgehoben und mitgenommen und dann im Schuppen vergessen.»

«Und sie unter einer Abdeckplane versteckt.»

«Nö, ich –, das war anders ...»

Pascal schaut Per belustigt an. Die Tasche kippt vornüber von der Motorhaube. Ein Parfum-Flakon und das Anal Beginners Kit rutschen raus. Rafa blickt stumm auf die Sachen. Per lacht auf. Pascal bückt sich schnell und schiebt alles zurück ins Innere.

«Wow. Hast du bemerkt, wie die stinkt, Rafa? Bestimmt ist Inita das Parfum ausgelaufen, und sie hat die Tasche deshalb weggeworfen. Kriegt man ja nie mehr raus, so was.»

«Ihr habt für alles eine Erklärung. Der Poncho hat Löcher, die Tasche ist voll Parfum ... das alles können auch Spuren eines Kampfes sein. Oder – was weiß ich, was hier vorgeht.»

«Also ich habe nicht gekämpft.»

Per reibt weiter eifrig über die Schramme.

«Du warst heute Nacht über eine Stunde lang nicht in deinem Bett. Weiß der Himmel, wo du warst und was du getan hast.»

«Jetzt mach aber mal einen Punkt.»

«Und da wäre noch was Merkwürdiges: Vor dem Haus liegt ein Paar Gummistiefel.»

«Gummistiefel?» Per kratzt sich am Kopf. «Oh, ah, das hatte ich schon wieder vergessen. Die müssen von Robert sein. Er war heute Vormittag mal hier. Anscheinend war ihm langweilig. Ich hab ihn mit der Playstation spielen lassen. Er hat es aber nicht kapiert.»

Pascal lacht.

«Und dann ist er auf Strümpfen wieder gegangen?»

Rafas Stimme hat einen ironischen Unterton bekommen.

«Ja, scheint so.» Per bleibt sachlich. «Irgendetwas scheint ihn erschreckt zu haben oder so. Jedenfalls ist er plötzlich aufgesprungen und einfach weggerannt.»

«Vielleicht ist ihm auch nur eingefallen, dass sein Fahrrad mitten auf der Straße liegt», wirft Pascal ein.

«Ja, wer weiß. Woher soll ich wissen, was in ihm vorgeht.»

Rafa schüttelt zweifelnd den Kopf.

«Wir werden ja sehen», sagt sie. «Wenn es so ist, wie du sagst, kannst du Robert seine Stiefel nachher vorbeibringen. Aber jetzt müssen wir uns um Inita kümmern. Im Haus gibt's keine Spur von ihr. – Gafft nicht so, es ist mir ernst! Jede Minute kann zählen.»

Per wirft Pascal einen bestätigenden Blick zu. Der schüttelt leise den Kopf.

«Hör zu, Rafa. Inita wollte sich heute Nachmittag auf ihren Kongress vorbereiten. Ich denke, sie ist gestern Nacht abgehauen, weil ihr irgendwas nicht gepasst hat. Jetzt sitzt sie daheim an ihrem Vortrag. Sie feilt an solchen Sachen immer bis zur letzten Minute. Deshalb geht sie auch nicht ans Telefon. Nebenbei lacht sie sich halbtot bei der Vorstellung, dass wir uns Sorgen um sie machen.»

«Und wie soll sie hier weggekommen sein?», fragt Rafa weiter.

«Mit dem Taxi …?»

«Das hätte ich gehört. Ich war praktisch die ganze Nacht wach.»

Diesmal wirft Per einen zweifelnden Blick auf Rafa, sagt aber nichts.

«Das überzeugt mich alles nicht», ruft Rafa. «Wenn wir nicht nach ihr suchen und es ist ihr etwas zugestoßen, werde ich keine ruhige Minute mehr haben. Oder war sie heute noch mal hier? – Also dann, los!»

Die Männer bewegen sich nicht.

«Pascal, du gehst in diese Richtung und suchst den unteren Teil des Hanges ab. Per und ich kämmen hier oben alles durch.»

Mit einem spöttischen Grinsen auf dem Gesicht wendet Pascal sich in die angewiesene Richtung. Per folgt Rafa im Abstand von ein paar Schritten in die andere.

Per hält einen Kognak-Schwenker in der Hand. «Rafa hat verschiedene Szenarien entwickelt. Zuerst stellte sie die These auf, Inita sei aus Verletztheit weggelaufen und habe sich womöglich etwas angetan.» Er grinst. «Darüber konnte Pascal nur lächeln. Als Nächstes meinte sie, Inita könnte im Dunkeln gestolpert sein und irgendwo liegen.» Er lacht. «Wir sind hier doch nicht in der Wildnis. Noch dazu hatte sie ihr Handy dabei. – Ok, das Netz ist lückenhaft.» Er trinkt einen Schluck. «Trotzdem war das alles Quatsch. Da stand auch was anderes dahinter. Irgendetwas wollte Rafa mit dieser Aktion erreichen.» — Er kichert. «Im Gegenteil. Ich habe geradezu darauf gewartet, dass Pascal auftaucht. Rafa riskiert doch nichts. Ohne Ass im Ärmel wäre sie nie so aufgetreten.» — «Dazu sag ich nix. Überhaupt reicht's mir jetzt.

Statt hier rumzusitzen, sollte ich lieber mit Rafa reden. Liebste Rafaha …» Er kippt den restlichen Kognak und verlässt schnell den Eames-Stuhl.

Pascal: «Ich glaube nicht, dass Rafa sich wirklich Sorgen gemacht hat. Sie wollte uns schikanieren; wahrscheinlich stand die Suche nach Inita stellvertretend für etwas, das Rafa selbst haben wollte – von uns betüttelt zu werden. Ich hätte da nicht mitgemacht. Ich war drauf und dran, mir ein Taxi zu rufen. Wenn das mit dem Roadster nicht passiert wäre, wär ich längst weg gewesen.» — «Ich versuche, es zu vergessen. Ich versuche, sie zu vergessen. Alles ist gut, so wie es ist. Let it happen!» Das Seitenfenster gleitet hoch. Pascal fährt.

XXXVIII

Aber das armselige Vergnügen einer Überraschung!

Gebeugt, mit eingezogenen Köpfen, schlängeln Rafa und Per sich zwischen Holunderbüschen hindurch in den Wald. An Pers Kopf verfängt sich ein Spinnfaden, den er unwillig wegwischt. Eine feingliedrige, leuchtend grüne Spinne läuft eilig seinen Ärmel hinunter. Rafa hält sich dicht neben Per. Das feuchte Laub unter den Füßen der beiden raschelt nur hin und wieder. Ganz in der Nähe hackt ein Specht.

«Ich war vorhin oben», sagt Rafa mild, ohne Per anzusehen. «Du hast angefangen zu renovieren.»

Nun erst blickt sie auf. Sie lächelt schmal, nicht so viel, dass ihre Zähne sichtbar werden.

«Oh, ich … nein, ich hab nur … die Wände sind feucht.»

Per reibt seine Hand am Hosenbein. «Da waren Stockflecken auf der Tapete. Es bleibt nach wie vor dir überlassen, was du mit dem Zimmer machst.»

Per hat versucht, seiner Stimme etwas Frisches zu geben, doch gegen Schluss verliert sie ihre Festigkeit. Rafa beschleunigt ihre Schritte.

«Ist auch nicht so wichtig», sagt sie leise.

Die beiden entfernen sich voneinander. Per bummelt eher ziellos durch den Wald. Rafa dagegen sucht den Boden nach Spuren ab und schaut unter jeden Strauch. Tiefer im Wald knacken Zweige, Stimmen werden laut, doch es ist niemand zu sehen. Immer wieder erklingt ein kurzes helles Lachen. Per stellt sich auf die Zehenspitzen und äugt den Hügel hinab.

«Ich sehe niemanden. – Bleib doch mal stehen, Rafa. Was ist eigentlich mit dir los? Du bist ja richtiggehend panisch.»

Sie hält an und dreht sich wortlos zu ihm um. In demselben Moment lässt sie einen angewiderten Laut los.

«Iiih, ich bin in irgendeine Kacke getreten.»

«Ein Kuhfladen. Komisch. Wie der hier in den Wald kommt.»

Per untersucht nachdenklich den eher trockenen Fladen, in dem sich Rafas Sohle und Absatz abzeichnen. Sie hält den Fuß mit dem dreckigen Schuh hilflos in die Luft. Per bückt sich und wischt mit einem schnell ausgerauften Büschel Gras den Schuh sauber.

«Was ich gestern Abend zu dir gesagt habe, Rafa, war nur ein Gedankenspiel. Vielleicht war es nicht sehr klug ausgedrückt. Ich wollte dir nicht weh tun.»

Er richtet sich auf und wirft das Grasbüschel weg.

«Deine Worte haben mich sehr verletzt, Per. Das lässt sich nicht einfach so auslöschen. Glaubst du, dass wer so über die eigene Beziehung redet wie du über unsere, sich lieben kann?»

Per schweigt. Mechanisch reibt er seine Finger aneinander.

«Mit Liebe», fährt Rafa fort, «und all dem, was man braucht, um mit jemandem zusammenzuleben, hat das nichts zu tun. Vielleicht sind wir uns deshalb nie wirklich nah gekommen.»

Durch die Bäume tönt deutlich der Satz: «Hier ist es gut.»

Per starrt seine Freundin mit weit offenen Augen an.

«Wie meinst du das?»

«Es war immer eine Distanz zwischen uns, die ich – falsch fand. Ich habe mir eingeredet, dass das mein Problem sei. Jetzt lerne ich anders darüber zu denken.»

Ein tiefer Trommelschlag hallt durch den Wald, gefolgt von einer kleinen Folge hell klingender Schläge. Die Stimmen werden lauter. Wieder schwebt das hohe Lachen über allem. Rafa hat die Augen niedergeschlagen.

«Ich habe nie daran gedacht, Per. Aber jetzt ... Vielleicht muss ich dich verlassen.»

Den letzten Satz spricht sie schnell und leise.

Rafa klappt ihr Etui auf. «Keine Zigaretten mehr. Ich habe schon lange nicht mehr so viel geraucht wie in den letzten Wochen. – Ja, natürlich habe ich mir ernsthaft Sorgen wegen Inita gemacht. In dieser Gegend hast du Pech gehabt, wenn dir etwas passiert. Da können Monate vergehen, bis dich zufällig jemand findet. Und dann überall diese Funklöcher ...» — «In meinen Augen ist das kein Widerspruch. Es waren eben zwei Sachen, die beide keinen Aufschub duldeten: mit Per sprechen und nach Inita suchen. – Ich gebe zu, dass ich den beiden auch etwas zeigen wollte. Sie sollten sich ein einziges Mal Gedanken über die Folgen ihrer Männerspiele machen. Einmal Verantwortung übernehmen.» — «Ja, ich wollte sie rausjagen, in diesen blöden versumpften, muffigen Wald.» — «Wieso denn fies? Ich bleibe dabei, dass ich das Recht habe, über so was nachzudenken und es auch laut auszusprechen. Nur weil ich sage, dass ich vielleicht nach Barcelona gehe, habe ich Per doch nicht ignoriert. Es war ja keinerlei Entscheidung gefallen. – Wieso ‹in dieser Situation›? Sicher wird es Per verunsichert haben, dass ich mit Pascal weggefahren bin. Aber wenn er deswegen in Panik gerät, zeigt es doch was über ihn und nicht über mich.» Sie klappt ihr Etui wieder auf. «Du hast keine Zigaretten hier?»

Per reißt ein Blatt vom nächsten Baum. Er zerreibt es zwischen den Fingern.

«Spinnst du jetzt völlig? Wegen einer blöden Bemerkung, zu der du mich außerdem noch selbst provoziert hast, kannst du doch nicht gehen.»

Er klingt eher jammernd als gereizt.

«Ich habe dich nicht provoziert.»

Die Arme vor der Brust verschränkt, steht Rafa Per gegenüber. Dieser hat sich an einen Baumstamm gelehnt. Das Trommeln verdichtet sich zu einem Spiel, das schnell wieder abbricht. «Lass uns noch ein Stück weiter da rüber gehen», sagt unten jemand.

«Aber du hast mit diesem Mist angefangen, urplötzlich, dass du mit Pascal nach Barcelona gehen willst. Das ist doch nicht meine Schuld. Ich frag dich noch mal: Habt ihr's getrieben?»

Rafa schüttelt resigniert den Kopf.

«Es geht hier nicht um sexuelle Aktivität. Es geht überhaupt nicht um Pascal. Ich bin ein freier Mensch. Ich darf jederzeit Überlegungen zu meinem Leben anstellen. Das steht mir zu. Übrigens hast du dich vollkommen unverhohlen an Inita rangemacht … Du hattest mich ja geradezu vergessen.»

«Wenn du nicht von Barcelona angefangen hättest, wäre das alles nicht passiert.»

Vor Wut tritt Per gegen einen Baum. Er verzieht schmerzlich das Gesicht. Rafa steht kopfschüttelnd da.

«Es stimmt also», sagt er nach einer Weile resigniert. «Ihr wollt in jeder Hinsicht potente Männer. Kaum hab ich mal keinen Job, läuft mir *schwupp* auch die Frau weg.»

Das Trommelspiel setzt mit schnellem *Babababababababam* wieder ein. Es erfüllt den Wald bald mit einem schwerfüßigen Rhythmus.

«Wenn du so denkst, kann ich dir auch nicht helfen.»

Noch bevor sie ihren Satz beendet hat, setzt Rafa sich in Bewegung. «Und jetzt komm endlich. Wir haben keine Zeit zu verlieren.»

Per starrt eine Weile vor sich hin, alle Energie scheint aus seinem Körper gewichen. Als er endlich aufblickt und sieht, wohin seine Freundin läuft, ruft er laut: «Du hast keine Orientierung, Rafa. Du läufst geradewegs auf die Schonung zu. Die mit dem hohen Zaun, über den du dich schon oft mokiert hast. Da *kann* sie nicht sein. Lass uns lieber in dieser Richtung suchen.»

Er weist mit der Hand nach links. Rafa folgt ihm. Eine Zeit lang laufen die beiden schweigend zwischen den Bäumen durch, die hier wenig Unterholz haben. Rafa hat den Blick fest auf den Boden geheftet, als würde sie einen kleinen Gegenstand suchen. Plötzlich biegt sie nach links ab. Sie beginnt zu rennen.

«Per! Schnell, komm hierher!»

Sie hat sich auf die Knie fallen lassen. Neben ihr im

Laub sind hell-dunkelblau karrierte Strümpfe zu erkennen. Robert liegt, halb von Gestrüpp verborgen, auf dem Rücken, die Beine sind seitlich weggedreht. Der Junge rührt sich nicht und reagiert auch nicht, als Rafa ihn anspricht und leise schüttelt.

«Wie heißt er noch mal?»

«Robert.»

«Er hat keine Stiefel an. – Robert! Robert! – Ruf den Notarzt.»

Als Per ihr erklärt, dass er sein Handy verlegt hat, schüttelt sie verzweifelt den Kopf und reicht ihm ihres.

«Kein Netz», sagt Per.

«Ok, dann laufe ich und suche Pascal, bleib du bei dem Jungen.»

Rafa ist schon auf den Beinen. Der Trommelrhythmus wird jetzt aggressiv und treibend. Ein schwerer dumpfer Schlag gibt die betonten Taktteile, dazwischen vielfältige höhere Schläge: *bundurugundu, bundurugundu, bundurugundu*. Rafa rennt, laut und anhaltend nach Pascal schreiend, durch den Wald und auf den Erdwall zu. Die Hände in den Taschen beugt sich Per über Robert. Er schaut ihm lange ins Gesicht. Umständlich wurstelt er eine zusammengeknüllte Kaufhoftüte hervor und streicht sie glatt. Anschließend faltet er sie ordentlich zusammen und steckt sie wieder ein. In die nahen Trommeln mischt sich ein gellender Schrei: *Jeeee-jeijeijeijeijei.*

Jeeee-jeijeijeijeijei, antwortet von weiter weg eine andere schrille Stimme.

XXXIX

Und in diesem Kampf kann man nur fliehen!

«Bleibbleib stehen!»

Pascal spurtet in einem Affentempo hinter dem Roadster her. Der rollt ganz langsam rückwärts, die Straße hinab. Im nächsten Moment ist er hinter ihm und stemmt sich mit aller Kraft gegen den Kofferraum. Der Wagen steht. Pascal will nach dem Schlüssel tasten, merkt aber sofort, dass er das Auto mit einer Hand nicht halten kann.

«Scheiße», ruft er, schon ein bisschen außer Atem, «was mach ich jetzt? Scheiß-Automatik. Ich bin sicher, dass ich sie auf P-P gestellt habe.»

Hilfe suchend blickt er um sich. Weder ein Stein noch ein Stück Holz noch andere mögliche Hemmschuhe liegen in Reichweite. Pascal denkt nach. Schließlich tritt er einfach beiseite. Der Mercedes beginnt wieder langsam zu rollen. Mit jeder Sekunde wird er schneller. Pascal fischt mit einiger Mühe den Fernschlüssel aus seiner Hosentasche und entriegelt die Türen. Er läuft dem Wagen hinterher, erreicht ihn auch, wird aber, da auf der Fahrerseite zu wenig Platz ist, in den Straßengraben gedrängt. Als er zurück auf der Straße ist, hat er keine Chance mehr, das Auto noch zu stoppen. Blöde grinsend schaut er zu, wie es mit inzwischen beträchtlicher Geschwindigkeit in der nächsten Kehre zwischen den Pfosten der noch nicht montierten Leitplanke verschwindet. Das Rollgeräusch der Reifen wird abgelöst vom Knacken brechender Äste und dem hässlich stumpfen Geräusch knautschender Blechteile. Es folgt eine absolute Stille.

Wo der Roadster stand, findet sich ein großer schwarzer Ölfleck auf der Straße. Pascal beugt sich hinab und tippt mit dem Finger in die Pfütze. Ein kleiner dunkelbrauner Fleck bleibt an der Fingerspitze; er riecht daran, fummelt mit der linken ein Papiertaschentuch aus der Jackentasche und putzt ihn ab. Langsam geht Pascal zu der Stelle, an der der Wagen verschwunden ist. Aus dem Wald dringen nun Getrommel und kriegerisches Geschrei. Pascal späht in die Büsche. Er kratzt sich am Kopf. In diesem Straßenabschnitt gibt es keinen Graben, nur den von Büschen bestandenen Saum eines steilen Abhangs. Etliche Äste sind umgeknickt. Unten hängt, mit der Schnauze zur Straße, halb in der Luft der Roadster. Die Fahrerseite hat einen regelrechten Knick; es sieht aus, als hätte ein Riese einen Handkantenschlag geführt. Das linke Hinterrad hat keinen Bodenkontakt. Pascal stöhnt auf.

«Schrott», murmelt er vor sich hin.

Er nimmt sein Blackberry und erklärt kurz darauf jemandem die Sachlage. Mehrfach beschreibt er die Position des Autos und die Tiefe des Abhangs. Nach kaum einer Minute erhält er den Rückruf. «So schnell?», sagt er. «Umso besser. Gut.» Bevor er auflegt, ist bereits Rafas Stimme zu hören, wie sie Pascal ruft.

«Ich habe keine Spur von ihr gefunden», ruft Pascal zurück.

Er wendet sich zur Straße um. Rafa kommt von der anderen Seite aus dem Wald; sie rutscht eine Böschung herab.

«Rafa», sagt Pascal mit Grabesstimme, «der Roadster –»

«Du musst sofort mitkommen», fällt Rafa ihm ins Wort, «Robert –»

«– ist kaputt.»

«Er atmet noch, wir haben ihn gefunden, im Wald, keine Ahnung, wie er dahin gekommen ist. Er ist bewusstlos! Du musst dich um ihn kümmern!»

«Was?» Pascal scheint nicht zu verstehen, wovon Rafa redet. «Ich hatte die Automatik auf P gestellt, ich bin ganz sicher. Es ist völlig unverständlich, wie er da runterrollen konnte.»

«Was redest du? Ruf den Notarzt! Und dann komm mit! Du kannst doch gut Erste Hilfe.» Sie zupft an seiner Jacke. «Pascal! Robert liegt besinnungslos im Wald, wir müssen ihm helfen.»

«Ihr habt Inita gesucht und Robert gefunden?» Pascal lacht. «Das ist wirklich gut, wirklich.»

Ohne zu antworten, klettert Rafa die Böschung rauf. Pascal telefoniert, wie sie es verlangt hat. Sie wartet am Waldrand.

«Bist du sicher, dass es sich lohnt? Sollten wir nicht lieber Inita suchen?»

«Wie kannst du in so einer Situation immer noch Witze machen? Das ist widerlich.» Ihre Wangen flammen so heftig rot auf, dass sie selbst im dumpfen Waldlicht leuchten. Sie stehen sich mit verschränkten Armen gegenüber. Die Trommeln verstummen, dafür werden tiefer im Wald wieder Stimmen laut. Ab und zu hallen einzelne Schläge dumpf den Hügel herauf. Pascal schaut Rafa forschend an.

«Rafa! Werden wir Freunde bleiben?»

«Auf welcher Basis?», fragt Rafa trocken.

«Du bist jetzt verletzt, ich bin durcheinander – das ist nun so. Lass uns in ein paar Tagen darüber reden. Aber gib mir bitte eine Perspektive. Rafa!»

Sie antwortet nicht. Mehrmals verändert sich ihr Gesichtsausdruck. Über dem Bäumen lässt ein Bussard sein lang gezogenes *P-jüüüü* hören. Durch einen brechenden Zweig aufmerksam geworden, drehen die beiden sich um. Per kommt schnaufend heran. Er trägt den bewusstlosen Jungen auf seinen Armen.

«Zwischendurch hat er mal kurz die Augen aufgemacht, aber er war gleich wieder weg.»

«Du hättest ihn nicht transportieren sollen», meint Pascal. «Leg ihn da hin.»

«Nein, nicht da», sagt Rafa. «Da ist alles voller Brennnesseln. Bring ihn zur Straße. Hoffentlich kommt der Notarzt gleich.»

XL

I'm coming up in infra-red,
there is no running that can hide you,
coz i can see in the dark.

Jeeee-jeijeijeijeijei. Das gellende Geschrei ist jetzt vielstimmig. Die dröhnenden Trommeln haben den Wald im Griff. Pascal hat seine Jacke ausgezogen. Vorsichtig bringt er Robert in die stabile Seitenlage und fährt ihm mit dem Finger durch den Mund. Seine Hand ist dunkel verschmiert.

«Was ist hier eigentlich los? Wohnst du im Stammesgebiet der Buschmänner?»

«Es ist Frühling. Da kommen dauernd irgendwelche Idioten in den Wald und trommeln oder singen oder feiern da. – Hat er viel Blut verloren?»

«Ist eine Fleischwunde», murmelt er wie für sich.

Per hockt sich nun neben Pascal und schaut ihm zu, ohne selbst tätig zu werden.

«Ich weiß nicht, wie lange er da schon gelegen hat. Heute Vormittag war er mal bei mir, da hatte er sein Rad dabei. Komisch dass es nicht irgendwo hier liegt.»

«Mhm.»

«Wie lang es dauert, bis der Notarzt kommt. Wir sollten ihn selbst in die Klinik bringen.»

Rafa tritt von einem Fuß auf den anderen. Sie geht andauernd vor zur Kante der Böschung und lugt auf die Straße.

«Steht mein Wagen noch bei der Haltestelle, Pascal? Da stand er doch.»

«Wenn du den Roadster meinst…»

«Die Haltestelle ist nicht weit von hier. Du solltest ihn holen.»

«Das geht nicht.»

«Was soll das heißen? Pascal, es geht hier um Leben und Tod.» Pers Stimme ist sehr eindringlich. «Hast du Angst, dass er dir die Sitze vollblutet?»

«Da kommt was», ruft Rafa.

Schwaches Licht zuckt in den Bäumen. Gleichzeitig wird ein schwer arbeitender Diesel hörbar.

«Ich fasse es nicht.» Rafa wendet sich den Männern zu. «Wen hast du angerufen, Per?»

«Den Notarzt.»

«Aber da kommt der ADAC! Die kriegen heute doch gar nichts mehr auf die Reihe.»

Alle drei laufen nach vorn und schauen die Böschung hinab. Ein schwerer gelber Abschleppwagen kommt die Straße rauf. Kurz vor ihnen fährt er rechts ran. Sein Blinklicht schwefelt die Luft.

«Der ist für mich», sagt Pascal. «Der Roadster ist nämlich in den Graben gerollt. Ich kann mir das selbst nicht erklären, ich bin sicher, dass ich die Automatik –»

Er verstummt. Weder Per noch Rafa haben ihm zugehört. Ein Mann im gelben Overall ist aus dem Wagen geklettert und fragt, ob er hier richtig sei. Pascal springt zu ihm und redet auf ihn ein. Mehrfach nickt der ADAC-Mann, immer ernsthaft, einmal sagt er: «Das geht mich nichts an.» Von fern wird endlich das Horn der Ambulanz hörbar.

«Achtzehn Minuten.» Rafa schüttelt den Kopf. «In dieser Gegend ist man rettungslos verloren. Per! Hilf mir, Robert die Böschung runterzubringen.»

Die beiden treten zurück in den Wald. Das Trommeln ebbt ab, dafür wird das Kreischen des Notarztwagens schnell lauter. Rafa spricht weiter auf Per ein: «Heb ihn doch auf. Du hockst da wie ein geruchsblinder Hund!»

Umständlich hieven die beiden den Jungen über die Böschung und legen ihn auf dem Seitenbankett ab. Rafa stellt sich mitten auf die Straße. Sie winkt mit hochgereckten Armen den Rettern. Der Abschleppwagen hat unterdessen gewendet und fährt langsam den Berg runter. Noch einmal gibt es ein Problem, weil die Ambulanz kaum an ihm vorbeikommt. Als sie ihr Signalhorn abstellt, ist Pascals Blackberry zu hören.

«Dass du hier Empfang hast», sagt Per.

Ein unwillkürliches, sehr breites Grinsen bricht in Pascals Gesicht.

«Es ist auch eine Frage der Hardware.»

Per zuckt die Achseln. Die Retter steigen aus. Rafa unterrichtet sie. Ohne jede Hektik öffnet der eine den Rettungswagen, während der andere den bewusstlosen Jungen untersucht. Pascal kehrt der Gruppe den Rücken. Nach einer Weile steckt er sein Mobilteil ein.

«Das war Inita.»

Rafa und Per fahren herum.

«Wo ist sie?»

«Zu Hause natürlich. Ich soll gleich ihren Vortrag probehören.»

«Hat sie gesagt, warum sie gestern Nacht abgehauen ist?»

«Nein. Aber sie hat erzählt, dass sie ihre Handtasche wegwerfen musste. Ihr Parfum ist tatsächlich ausgelaufen.»

«Das», prustet Per, «ist gut. Wirklich gut. Rafa! Rafa?»

Rafa starrt düster geradeaus. Sie setzt zum Sprechen an, hält sich aber zurück. Pascal folgt dem Abschleppwagen den Berg hinab. Die Retter haben Robert auf ihre Trage bugsiert und eine Infusion gelegt. Per steht bei ihnen am Wagen und bittet um ein Cool-Pack für seine Stirn. Auch er wird untersucht. Rafa kontrolliert ihr Handy. Sie bestellt sich ein Taxi. Mit langsamen Schritten kehrt sie zum Haus zurück, um ihre Sachen zu holen. Der Wald ist still und dunkel unter den schweren Wolken. In den Zweigen der keimenden Bäume zuckt das gelbe mit dem blauen Licht um die Wette.

XXL

The frog does not have a visual world
or visual consciousness as we know it, only
a purely automatic ability to recognize an
insect-like object if this enters its visual field,
and to dart out its tongue in response.
It has been said that a frog's vision is,
in effect, no more than
a fly-catching mechanism.

Montag, 2. Juli, 10.10 Uhr.

Die zu den Fenstern hereinströmende Luft lässt schon die Hitze des kommenden Mittags ahnen. Sie trägt das anhaltende Geräusch eines Traktors herein, der in weiter Ferne mit gleich bleibender Geschwindigkeit fährt. Ein großes dunkles Insekt tanzt im Fensterrahmen, als würde eine von Menschen nicht wahrnehmbare Scheibe es vom Flug ins Innere abhalten. Das Zimmer riecht nach frischer Farbe, die Decke und ein Teil der Wände sind weiß getüncht. Rafa und Per sitzen auf dem Fußboden zwischen einem offenen Farbeimer, einer zusammengeknüllten Plastikfolie und einem Stuhl, auf dem zwei Tassen und ein Kaffeebereiter aus Glas stehen. Die beiden tragen blaue, mit weißen Punkten und Flecken übersäte Overalls. Per hat ausgetretene, nach Malerarbeiten aussehende Stoffschuhe an, Rafa dicke dunkle Wollsocken, unter denen Tapetenreste kleben.

«Was hat er denn gesagt?»

Sie spielt mit einer Rolle Flachkreppband und schaut auf ihre Hände, als wagt sie es nicht, Per in die Augen zu schauen. Per kaut an irgendwas; er muss schlucken, bevor er antworten kann.

«Wir haben nicht lange telefoniert. Pascal hat sich noch mal darüber beschwert, dass wir ihm gegenüber unfair seien. In der Hauptsache wollte er mich über dich aushorchen. Er will sicher wissen, ob wir uns wieder vertragen.» Per nimmt einen Schluck Kaffee. «Und er hat mir zum neuen Job gratuliert.»

«Mich hat er auch angerufen.» Rafa zieht Kreppband von der Rolle. Unvermittelt reißt ein kleiner Fetzen ab, ihre Hand ruckt, sie erschrickt. Den abgerissenen Fetzen klebt sie Per mit einem schelmischen Lächeln aufs Hosenbein. «Sogar mehrmals. Aber ich kann noch nicht wieder mit ihm sprechen und bitte ihn jedes Mal, mich in Ruhe zu lassen. – Hat er sich auch von Marc interviewen lassen?»

«Keine Ahnung. Marc rückt mit gar nichts raus. ‹Vertrau mir, vertrau mir› – bestimmt hat er so was auch zu dir gesagt. Ob er die Interviews für seine Abschlussarbeit braucht?»

«Abschlussarbeit? Im 37. Semester? Das glaubst du doch selbst nicht.»

«Was will er dann damit?»

«Ja, was will er damit?»

Sie schütteln ratlos die Köpfe.

«Pascal ist übrigens immer noch hier.»

«Nicht zurück in Barcelona? Das wundert mich.» Rafa rutscht nahe an ihren Freund heran. «Per, da ist noch was, das ich dir sagen muss. Pascal wollte tatsächlich mit mir schlafen. Als wir am See waren, hat er sich heftig an mich rangemacht.»

«Dabei ist er so klein. Wenn er dich im Stehen nehmen wollte, bräuchte er einen Schemel.»

«Per, bitte!»

Rafa boxt ihn. Beide lachen. Sie küssen sich.

«Wollen wir weitermachen?»

Per nimmt einen neuen Farbroller vom Boden. Mit dem Finger bohrt er ein kleines Loch in die Kunststoffhülle und reißt einen Schlitz. Die Walze aus gelbem, wolligen Vlies mit roten Plastikkappen an den Seiten gleitet durch den Riss in seinen Schoß. Mit der Linken greift er nach einem Bügel, der ebenfalls am Boden liegt. Per steckt den Bügel in die Walze und lässt sie prüfend über seine Handfläche gleiten. Den montierten Farbroller hält er Rafa so hin, dass sie leicht den rauen roten Griff fassen kann.

«Du kannst da drüben in der Ecke anfangen. Ich mache derweil die Pinselarbeiten um die Fenster.»

Sie stehen auf. Per taucht den Eckenstreicher ein. Die melierten Borsten verschwinden komplett in der weißen Farbe. Eine halbe Drehung, und er zieht den Pinsel wieder hervor. Rafa sieht ihm beim Streichen zu.

«Hast du Robert seither mal gesehen?»

«Er fährt schon wieder mit dem Fahrrad rum. Er hat jetzt einen Helm. Aber zu mir traut er sich anscheinend nicht mehr. Ich glaube, die Sache mit der Puppe ist ihm einfach zu peinlich.»

«Armer Junge. Hoffentlich verkorkst das nicht sein ganzes Sexualleben.»

«Das ist doch schon verkorkst. Oder findest du es normal, was er gemacht hat?»

«Was ist schon normal?» Rafa feixt.

«Alles. Alles ist normal.»

Kichern. Per streicht den Fensterrahmen und flucht. Eine Weile arbeiten die beiden schweigend vor sich hin. Per versucht mehrmals, das Insekt zu vertreiben, das nach wie vor bei den Fenstern herumschwirrt. Der Raum wird immer heller und heller.

«Du hast da oben eine Stelle vergessen.»

«Ich komme nicht dran. Da brauch ich die Leiter.»

«So hoch ist der Raum doch gar nicht.»

Klar dringt ein Gitarrenakkord zum Fenster herein. Gleich darauf noch einer. Ein Lied beginnt.

«Jetzt kommen sie schon wochentags.» Per zieht ein ärgerliches Gesicht. «Ich füttere bei der Gelegenheit auch gleich mal die Frösche. Die wachsen wie verrückt. Ich werde sie bald in den Teich setzen müssen.»

«Du hast dich übers Ohr hauen lassen ...»

«Ja», knurrt Per. «Sie waren äußerlich nicht von denen unterscheidbar, die ich haben wollte.»

«Wie hießen noch mal die, die sie nicht hatten?»

«Korallenfingerlaubfrösche.»

Er geht los.

«Diese riesigen Blasen», fährt Rafa fort, «die sie manchmal an den Ohren haben, die finde ich eklig –»

Doch Per ist bereits durch die Tür verschwunden. Rafa geht zum Fenster. Sie schaut nach unten, dann in die Ferne. Die kleine Melodie ist wieder verstummt. Dafür setzt ein Schlagzeug ein, das zusammen mit einem Schellenkranz einen frühlingshaft leichten Rhythmus spielt. Rafa macht ein paar Tanzschritte durch den Raum. An einer Stelle bückt sie sich und hebt ein vereinzeltes Stück der alten Tapete auf. Ein dicker schwarzer Strich läuft mittendurch. Draußen erklingt eine weibliche Stimme. Sie ist jung und gleichzeitig etwas heiser, wie ein Mädchen im Stimmbruch.

«I thought I saw a man brought to life», singt die Stimme. «He was warm, he came around like he was dignified. He showed me what it was to cry ...»

Rafa beginnt mitzusummen. Per klappert mit der Treppenleiter herein. Sie zeigt ihm das Tapetenstück.

«Hattest du wirklich ‹Dumme Kuh› auf die Wand geschrieben?»

«Ja, klar!»

Er lacht.

«Wie war das noch, wie hast du dich gefühlt, als du es mir erzählt hast?»

«Wie ein Schaf.»

Beide prusten los. Rafa umarmt Per und gibt ihm einen Kuss. Wieder summt sie ein paar Takte mit.

«Das ist ein schönes Lied.»

«Naja.»

«Doch.» Sie wiegt ihren Oberkörper zur Musik. «Ich fühl mich gut. Sind wir nicht glücklich?»

«Wir werden immer glücklicher.»

Sie küssen sich leidenschaftlich. Draußen bricht die Musik ab. Rafa macht sich frei. Sie schaut Per in die Augen, sie sagt:

«Wie bist du nur draufgekommen, dass Pascal und ich ein Paar werden könnten?»

Draußen ruft jemand: «Drei, vier.» Es geht wieder los. Gitarrenintro, Schrammel. Die Mädchenstimme singt den ersten Vers. Nach ein paar Takten kommen das Schlagzeug und der Schellenkranz dazu.

«Das frag ich mich heute auch. – Weißt du, was ich denke?» Er zögert. «Ich meine: ok, niemand anderes als ich hat mit dieser Zufallsgeschichte angefangen. Aber meinem Gefühl nach trägt Inita die Schuld an allem. Sie hat mich irgendwie kirre gemacht mit ihrer Besserwisserei.»

«Sie hat nur ausgesprochen, was sowieso in unseren Sätzen lag.»

«Gleichzeitig war sie der Anlass für meine Sätze.» Per läuft auf den Brettern hin und her. «Nicht weil ich sie attraktiv fand. Da ist etwas, das ich nicht erklären kann.»

«Dieses junge Ding –»

«– hat mich zu Gedanken veranlasst, die ich sonst nie denke.»

«Das waren keine Gedanken. Im Gegenteil ...»

Per nickt vor sich hin.

«Bei meinem Kernpunkt bleibe ich allerdings bis heute: Die Liebe ist kein Schicksal. Aber: Sie ist ein Gefühl. Ein tiefes Verstehen.»

«Liebe bedeutet, sich einen gemeinsamen Erfahrungshorizont zu schaffen und das als schön zu erleben.»

«Der Zufall ist keine Kategorie, mit der sich Liebe beschreiben lässt.»

«Nein.» Per erklimmt die erste der drei Leiterstufen. «Die Begegnung zweier Menschen kann zufällig sein, aber nicht das Entstehen eines Gefühls. Kannst du mal den Pinsel halten?»

Draußen kommt ein Bass dazu. Es entsteht ein blumiges, gute Laune machendes Klanggewebe. Die Mädchenstimme singt die Strophe. Der Refrain wird von Backing Vocals begleitet.

«Außerdem kann sexuelle Attraktion nie einseitig sein. Oder sie führt zu nichts.» Rafa wiegt sich schon wieder im Rhythmus des draußen gespielten Songs. Als würde sie gar nicht zu ihm sprechen, fährt sie fort: «Nur weil Per die Stimme des Mädchens im Wald erotisch findet, wird sie nicht mit ihm schlafen. Da sind wir uns einig.»

Beim Refrain wird die emotionale Erregtheit der Sängerin besonders deutlich. Auf der zweiten Stufe der Leiter berührt Pers Kopf schon die Decke.

«Na, jetzt kommst du ja dran», sagt Rafa ironisch.

«Alles wird weiß. Ich freu mich so, dass dieses Zimmer endlich fertig wird …»

Er streckt die Hand nach dem Pinsel aus. Strahlend hält Rafa ihn hoch. Als er ihn packen will, zieht sie ihn schnell weg und malt ihrem Freund einen breiten weißen Strich durch den Schritt. Die Rhythmusgruppe kommt mit einem Break wieder ins Stück.

«Oh, ich bekomme eine Erektion», sagt Per.

«Lass sehen.»

Rafa fasst in die frische Farbe auf seiner Hose. Per packt ihr Handgelenk. Er versucht, sich zu ihr zu beugen, muss aber auf sein Gleichgewicht achten. Die zweite Strophe singt das Mädchen noch lauter als die erste. Seine Stimme dominiert das Lied. Rafa umfasst Pers Beine und schmiegt ihren Kopf an sein Becken. Per versucht, noch eine Stufe höher zu steigen. Dabei stützt er sich mit der Hand auf Rafas Kopf ab. Sie klettert Per hinterher. Es gibt ein kleines Gerangel auf der Minileiter, die mitsamt dem Paar umfällt. Die beiden balgen sich nun auf dem Fußboden.

«Dass du hinter Inita her warst, fand ich nicht so schlimm», sagt Rafa. «Trotzdem sollst du mir versprechen, dass du das nie wieder tust. Ich will, dass du mir treu bist.»

«Ich kann mich nur bemühen. Man weiß nicht, wie das Leben spielt. Wirst du denn zu mir ziehen? Wirst du es dir nicht wieder anders überlegen?»

«Ich bin sicher, es wird gut funktionieren. Meine Wohnung in Köln behalte ich nur vorläufig noch. Werden die Frösche auch nicht zu viel Lärm machen? – Mon Per.»

«Ma Rafale!»

Sie holen rote *Orion*-Luftballons aus ihren Taschen und

blasen sie riesengroß auf. Draußen beginnt das Outro mit einem ekstatischen Ausruf der Sängerin, verstärkt von einer aufwärts führenden Synthi-Figur. Die Melodie hüpft bis in die Wipfel der Bäume. Per streift den Overall von Rafas Schultern. Sie trägt weder ein Hemd noch einen BH. Er küsst ihre Brüste. Rafa fummelt an Pers Reißverschluss rum, den sie nicht auf Anhieb öffnen kann. Nach einer Weile hat sie es geschafft. Pers Penisspitze steht als purpurner Tupfer in all dem Blau und Weiß. Weiterhin sind Bruchstücke von Sätzen der beiden zu hören: «... hat uns ganz verändert ... vielleicht gut, da durch gegangen zu sein ... schon wieder ein Fleck an der Wand ... der Butterfly war ein super Angebot ... wollen wir nicht erst fertig ...?» Plötzlich setzt Rafa sich auf.

«Vielleicht sollten wir ein Kinderzimmer daraus machen.»

«Haha», ruft Per. «Hahaha.»

Auch Rafa lacht herzlich. Als sie sich wieder eingekriegt haben, deutet sie auf seine nachlassende Erektion.

«Ich möchte ihn anmalen», sagt sie.

«Was?»

«Ich möchte ihn weiß machen.»

«So kenn ich dich gar nicht ... Nein! Oh, nein, bitte!»

Aber Rafa hat schon den Eckenstreicher gefunden und begonnen, damit Pers Penis zu betupfen. Lediglich die Eichel lässt sie aus. Per angelt sich die Farbwalze und rollt damit über Rafas nackten Oberkörper.

«Das ist kalt», schreit sie.

«Ach», sagt Per. «Mir egal. Ich fickdichfickdich.»

«So können wir nicht miteinander schlafen. Das geht doch nicht ...»

«Was tun wir da?»

«Was tun wir da?»

Sie flüstert ihm etwas ins Ohr. Per grinst breit. «Ja», sagt er, «Jajajajaja.»

Die Abdeckplane unter den beiden glitzert, von leichtem Zug bewegt, wie die Oberfläche eines Ozeans. Das Summen des Insekts hallt durchs Zimmer. Als es zum Fenster rausfliegt, wird der Laut sofort von der Musik geschluckt. Von draußen sind nur Rafas Kopf und ihr noch unbemalter Rücken sichtbar. Der Dachbalken mit dem leeren Vogelnest liegt noch im Schatten, doch auf dem Kiesweg strahlt die Sonne, und der brandneue silberne Roadster vor dem Haus mit der rot getigerten Katze auf der Motorhaube blitzt in ihrem Licht. Auch die grünen Baumwipfel glänzen, der Wald hat ein dichtes Kleid bekommen. Nicht weit vom Haus sitzen auf einer kleinen Lichtung ein paar Musiker mit ihren Instrumenten und spielen und singen immer wieder diesen Hit. Zehn Meter weiter brummt ein kleiner Generator. Die Musiker tragen sommerliche Kleidung; es ist warm im Wald und über dem Wald. Die Sonne brennt. Sie dörrt das ringsumher geschnittene Gras. Kein Auto fährt auf der kleinen Straße, die sich den Hügel hochzieht, keines auf der größeren Straße im Tal. Ein Bussard macht sich dort an einem überfahrenen Hasen zu schaffen. In der Talsohle weiden neben einem halb verfallenen Schuppen am glitzernden Bach zwei Pferde.

Zitate

«Unter Paaren» zitiert großzügig und meistens genau kleine Passagen aus zahlreichen Katalogen, Prospekten, Websites, Büchern, Songs und Ähnlichem. Für den Satz, der dem Text voransteht, konnte kein Ursprung ermittelt werden. Die über den einzelnen Abschnitten angeführten Zitate entstammen den folgenden Quellen:

I: www.vogelwarte.ch
II: Goethe, Wahlverwandtschaften
III: Otto-Katalog
IV: Sonic Youth, Hits of Sunshine
V: Flaubert, Briefe
VI: Lichtenberg, Sudelbücher
VII: www.bulthaup.de
VIII: Horst Pfaff, www.nabu-wettenberg.de
IX: Bizet, Carmen
X: Robbe-Grillet, Der wiederkehrende Spiegel
XI: Bizet, Carmen
XII: Maleen Thyriot, Schöner Wohnen
XIII: Shakespeare, Wie es euch gefällt
XIV: The Cure, The last Day of Summer
XV: www.bulthaup.de
XVI: Goethe, Wahlverwandtschaften
XVII: Musil, Der Mann ohne Eigenschaften
XVIII: Musil, Die Amsel
XVIX: Houellebecq, Plattform
XX: Mercedes-Prospekt «Die Roadster der SLK-Klasse»
XXI: Thomas Mann, Der Tod in Venedig
XXII: Janet Jackson, Trust a Try

XXIII: Beckett, Molloy
XXIV: The Sisters of Mercy, Temple of Love
XXV: Sonic Youth, Eric's Trip
XXVI: Hamsun, Pan
XXVII: shop.beate-uhse.com
XXVIII: Beckett, Molloy
XXIX: www.playstation.com
XXX: Baker, Rolltreppe
XXXI: Eichendorff, Die Einsame
XXXII: www.gofeminin.de
XXXIII: Lessing, Hamburgische Dramaturgie
XXXIV: Hamsun, Pan
XXXV: Natalie Imbruglia, Torn
XXXVI: Alban Berg, Lulu
XXXVII: Godard, Le Mépris
XXXXVIII: Lessing, Hamburgische Dramaturgie
XXXIX: Strindberg, Fräulein Julie
XL: Placebo, Infra-red
XXL: Oliver Sacks, In the River of Consciousness

Aus dem Verlagsprogramm

Thomas Lang
Am Seil. Roman
174 Seiten. München 2006

Bert Kesperg kann nicht mehr laufen, jedenfalls nicht ohne Gehhilfe, seine Hände zittern, der ehemalige Englisch- und Sportlehrer verfällt mitunter in eine minutenlange Starre. Nach der Scheidung von seiner Frau lebt er in einem Seniorenwohnheim. Er liebt seine Pflegerin, die schöne und ungewöhnlich zugewandte Pauline. Am selben Tag, an dem sie ihm eröffnen muss, dass ihr gekündigt wurde, erhält Bert überraschend Besuch von seinem Sohn Gert. Im Dämmer seines Zimmers glaubt er einen Moment lang, es sei der Tod, der ihn holen kommt.

Bert hat nie viel von seinem Sohn gehalten. Und Gert scheint dieses Bild mit jedem Wort, jedem Schritt zu bestätigen. Der ehemals bekannte Fernseh-Moderator steckt nach einem Übergriff auf seine Assistentin und nach einem schweren Autounfall, bei dem seine junge Geliebte ums Leben kam, in einer tiefen Krise. Doch als die beiden das Altersheim verlassen und in Berts Auto zu dem Hof fahren, auf dem sie früher gelebt haben, wendet sich das Blatt. Jenseits ihres lebenslangen Machtkampfes entwickelt sich eine prekäre Nähe, und es ist Gert, der den Entschluß, den sie beide stillschweigend gefasst haben, zielstrebig umsetzt...

Thomas Lang erhielt für den Auszug aus diesem Roman den Ingeborg-Bachmann-Preis 2005. Er erzählt aus wechselnder Perspektive und mit einer perfekten Choreographie, präzise und packend, von einem geradezu archaischen Vater-Sohn-Konflikt, der eine überraschende Lösung erfährt. Dabei gelingen ihm bewegende und nicht selten von absurder Komik aufgeladene Bilder, die einen tief berühren und lange nachwirken.

«Thomas Lang ist ein meisterhaftes kleines Kammerstück über einen deutschen Generationenkrieg gelungen.»
Max Hermann, Die Welt

«... neu und brillant und mit überraschendem Ende erzählt.»
Die Zeit

Literatur bei C.H. Beck

Sabine Gruber
Über Nacht. Roman
Etwa 238 Seiten. München 2007

Dagmar Leupold
Grüner Engel, blaues Land. Roman
Etwa 204 Seiten. München 2007

Hans Pleschinski
Verbot der Nüchternheit.
Kleines Brevier für ein besseres Leben
Etwa 258 Seiten. München 2007

SAID
Psalmen
Etwa 80 Seiten. München 2007

John O'Hara
Treffpunkt in Samarra. Roman
Nachwort von John Updike
Aus dem Englischen von Klaus Modick
Etwa 320 Seiten. München 2007

Anthony Doerr
Der Muschelsammler. Erzählungen
Aus dem Englischen von Barbara Rojahn-Deyk
Etwa 255 Seiten. München 2007

Diane Broeckhoven
Eine Reise mit Alice
Aus dem Niederländischen von Isabel Hessel
Etwa 102 Seiten. München 2007